L-52

Les enquêtes du capitaine Achard

Meurtre sur la côte

Michel Germain

L-52

Les enquêtes du capitaine Achard

Meurtre sur la côte

Roman

ISBN : 979-10-422-1169-1

Hôtel Méditerranéo

Il est 6 heures 25, ce mercredi matin de juin. Il fait un soleil resplendissant et déjà chaud. Rien que de plus normal sur la Côte d'Azur, pays où il ne pleut jamais. Le capitaine Achard dort encore. Il a prévu, avec son amour Chantal, d'aller courir, n'étant pas pressé par le boulot ce matin-là. Depuis leur amour découvert, tous deux ont décidé de vivre leur vie à fond et de se moquer du « qu'en dira-t-on ». Ce sont deux sportifs soucieux de leur forme. Ils vont donc, chaque fois qu'ils le peuvent, courir dans l'arrière-pays niçois ou sur le chemin des contrebandiers en bord de mer du côté de Cap d'Ail. Ce matin, le réveil doit les sortir du lit à 6 heures 30. Mais c'est le téléphone portable de Fernand qui réveille son monde. Une sonnerie stridente et stressante, lorsqu'on est encore dans les limbes nocturnes.

Au bout du fil, le commissaire Mat, chef de la brigade criminelle de Nice. Il réveille son meilleur élément, car il vient d'être informé d'une mort suspecte dans un grand palace de Menton.

— *Vous foncez là-bas, capitaine et en passant vous prenez madame Bellacini...,* dit le chef en précisant le nom de l'hôtel. *Et de la discrétion Achard, je compte sur vous...*

— *OK patron.*

Fernand Achard est, depuis quelques mois et la résolution de l'affaire des pendus en série, chef de groupe à la Crim de Nice. Il téléphone à deux de ses aides, Samuel Butler, un lieutenant confirmé possédant la science des déductions que tous appellent Sam, comme il se doit, et la lieutenante Juliette Grange, surnommée Juju, la reine de la filature. Un troisième membre est prévu pour venir renforcer le groupe lorsque les crédits les permettront. Il leur donne rendez-vous au palace *Méditerranéo* à Menton.

— *Et soyez discrets. On n'est pas au carnaval ! C'est un palace !* Puis reposant son portable, il se retourne vers Chantal, encore endormie, et lui dit dans l'oreille, en souriant :

— *Le commissaire veut que j'emmène madame la légiste...*

— *On va où ?* répond-elle, en bâillant.

— *À l'hôtel Méditerranéo.*

— *Tu me combles mon chéri !*

Chantal est amoureuse de son Fernand depuis toujours. En tout cas, depuis qu'elle a divorcé, elle n'a cessé de penser à lui. Lui était également marié, mais son divorce vient d'être prononcé et depuis il revit. Depuis ce jugement, les deux amants ont décidé de vivre ensemble sans se cacher de qui que ce soit et le commissaire Khaled Makhlouf, dit Mat, chef de la Crim le sait probablement, mais c'est la discrétion même et un vrai gentleman. C'est lui qui a nommé, avec l'appui du divisionnaire, Fernand Achard à la tête d'un groupe qu'il veut très opérationnel. Ce dernier, la quarantaine à peine franchie, est plein de vigueur et son style en fait un enquêteur efficace hors pair. Le look méditerranéen, bronzé toute l'année, les yeux noirs et les cheveux aile de corbeau légèrement ondulés, on pourrait penser avoir à faire à un Sicilien. C'est un nissart pur sucre ! Dans le travail, il revit depuis qu'il s'est débarrassé de la Couleuvre, ce lieutenant cossard toujours à sa remorque. Mais surtout sa nouvelle situation sentimentale l'a libéré et le ravit au plus haut point, tout comme elle ravit Chantal.

Chantal, divorcée d'un ancien entrepreneur en bâtiment, vit sur les hauteurs de Nice dans le quartier de Gairaut. Elle a hérité d'une belle villa construite par son grand-père maternel, avant la guerre. En ce temps-là, le chemin de Gairaut traversait les cultures en terrasses et les oliveraies. Aujourd'hui, il saute de villa en villa et il est devenu le vieux chemin de Gairaut. Depuis son divorce, elle vit là seule avec son fils de 17 ans, Jérémy. Ce dernier, depuis qu'il est entré en terminale au lycée Albert Calmette, est devenu raisonnable. Il n'en a pas toujours été ainsi. On a l'impression que l'arrivée de Fernand l'a stabilisé. Cette année, il prépare assidûment son bac. Il n'est plus le gamin turbulent qui faisait tourner sa mère en bourrique. Fernand et Chantal vivent désormais ensemble sur les hauteurs de la ville. Fernand a mis sa maison en vente et ne sait comment il s'organisera plus tard. Pour l'heure, il vit le grand bonheur auprès de Chantal la légiste et ils ne se posent pas trop de questions, ni l'un ni l'autre.

Tous deux roulent maintenant vers Menton. Chantal, directrice adjointe de l'IML niçois, a emmené avec elle sa caisse à outils de première intervention, comme elle l'appelle.

L'hôtel *Méditerranéo* est merveilleusement bien situé face à la Grande bleue. Toutes les chambres donnent sur la mer. C'est un palace réputé, qui accueille les plus grandes stars du show-biz, mais pas que. Parfois des hommes ou des femmes politiques descendent ici incognito. Dernièrement la chancelière allemande est venue trois jours avec son mari. Le palace accueille également des princes du Golfe persique en grand nombre. Cela n'a rien d'extraordinaire, l'un d'eux est propriétaire de ce palais de luxe.

Le capitaine et Chantal rencontrent un brigadier de la police municipale et deux gardiens de la paix venus là, sur l'ordre de police secours. Ils ont sécurisé les lieux, sans rien toucher en attendant la police, la vraie, la Crim !

— *Alors qu'est-ce qu'on a ?* demande le capitaine.

— *Un mort au deuxième étage...*

Achard lui demande d'éloigner de la vue des clients, cependant encore endormis, les véhicules aux logos de la police. Il est 7 heures 20 et des clients sont encore sous les draps, mais ils ne tarderont pas à se réveiller. Le capitaine rencontre le veilleur de nuit, venu à sa rencontre. Un homme charmant, épanoui, frisant la quarantaine, qui, après de brillantes études de Sciences humaines, s'est ouvert à ce métier où il rencontre une pleine et entière satisfaction.

— *Bonjour, je suis le veilleur de nuit de ce palace. C'est moi qui ai trouvé le corps...*

— *Vous avez une drôle de voix.*

— *Oui, j'ai attrapé la crève, il y a deux jours.*

— *Il faut vous soigner jeune homme…*

— *Oh, j'ai ce qu'il faut,* poursuit-il en sortant un petit flacon de L52 de sa poche de torse. *Ma mère, très portée sur l'homéopathie, me les achète toujours en prévision…*

— *On y va ?*

Monsieur François, c'est son nom, explique la situation au policier, tout en le dirigeant vers l'ascenseur.

— *Monsieur Hadé Nazzalhadj,* explique le veilleur, *m'avait demandé hier soir de le réveiller à 6 heures 30, pour sa séance de sports. J'ai fait sonner le téléphone comme prévu. D'ordinaire, il répond. Là, pas de réponse. Après le second essai, je suis monté à sa chambre, la 210. Et là, je l'ai trouvé, comme vous le voyez maintenant. Je ne suis pas un expert, mais il m'a paru mort ; alors j'ai appelé la police.*

— *Vous avez bien fait. Vous n'avez touché à rien ?*

— *Personne n'est entré dans la chambre, monsieur le capitaine. Le brigadier a placé un gardien en faction dans le couloir immédiatement…*

— *Parfait. Madame la légiste, c'est à vous.*

Le capitaine fait quelques pas vers le balcon. Ganté, il ouvre la double porte-fenêtre et demande au veilleur de le rejoindre.

— *Ne touchez à rien… Il est donc arrivé hier, vers quelle heure ?*

— *Un peu après minuit.*

— *Vous avez dit : « d'ordinaire il répond ». C'est donc un habitué ?*

— *Bien sûr, il vient plusieurs fois par an. Il vient depuis quatre ou cinq ans…*

— *Vous le connaissez bien. Qui est-il ?*

— *Pour ce que j'en sais, il est Jordanien. C'est un homme d'affaires. Il vend, il achète à peu près tout. Il est très généreux et très aimable. Hier, il est venu avec une dame. C'est rare qu'il vienne ainsi accompagné.*

— *Une dame ?*

— *Oui une très belle femme, jeune, avec une allure folle.* Et monsieur François d'expliquer que la dame en question a passé, en principe la nuit dans la chambre voisine. Elle n'avait que très peu de bagage, un sac de voyage en cuir vert uniquement.

Le capitaine constate que la victime n'a qu'une petite valise de cabine et donc ne pensait pas séjourner longtemps en France.

En marchant vers la chambre voisine, le capitaine demande au veilleur de nuit de lui ouvrir la porte. Lorsqu'il entre, il découvre celle-ci vide et le lit défait. Dans cette chambre, comme dans la chambre du mort, une seule personne a dormi. Sur la table de nuit, il remarque un flacon de L52.

— *Elle aussi avait la crève ?*

— *Elle se sentait fébrile avec des courbatures, alors je lui ai donné ce flacon… J'en ai toujours un d'avance… ma mère inspecteur, ma mère !*

Achard revient dans la première chambre et questionne le médecin légiste.

— *Alors qu'est-ce que tu peux me dire ?*

— *À première vue, il était seul dans son lit et il a été empoisonné.* Achard regarde sur la table basse : sur celle-ci deux coupes et une bouteille de champagne. « Et la femme a disparu », se dit immédiatement Fernand. Il tient la coupable, reste à trouver le mobile.

— *C'est vous qui avez servi le champagne ?*

— *Oui, Monsieur Hadé l'a commandé en arrivant.*

Puis s'adressant au légiste :

— *Tu peux me dire s'il y a eu des rapports sexuels ?*

— *Difficile à dire comme cela, mais je te dirai tout après…*

— *Après l'autopsie, je sais…* À ce moment-là, les hommes de la police scientifique et technique déboulent. *Messieurs, vous avez carte blanche ! Mais avec une grande discrétion ; nous sommes dans un palace. Je ne veux pas de sirène et encore moins entendre qui que ce soit, ni chanter ni faire des réflexions déplacées.*

Puis s'adressant à monsieur François : *Vous avez du monde en ce moment ?*

— *C'est presque plein ; seules 4 chambres sont inoccupées.*

— *Vous avez entendu messieurs ? Silence et discrétion...*

Le capitaine redescendu dans le hall d'entrée avec monsieur François, il lui demande s'il peut lui faire deux cafés, dont un long. Et pour attendre, il se rend sur la terrasse arrière de l'hôtel, aménagée devant la piscine. Chantal le rejoint. Là, tous deux cogitent. Ils sont tout à la fois très complices et très complémentaires. Chantal connaît avant de les entendre les questions que son amant va lui poser.

Monsieur François arrive avec trois cafés.

— *Si vous permettez, j'en prendrais un avec vous ? Cette histoire m'a bouleversé. C'est la première fois...*

— *J'allais vous le demander. J'ai encore quelques questions à vous poser. Pouvez-vous nous décrire la femme venue hier soir avec monsieur Hadé ?*

Monsieur François, de par son métier de veilleur de nuit, a une très grande expérience dans son travail et il est très physionomiste. Il est très observateur et toujours de la plus grande discrétion. Il entend tout, il voit tout, mais ne dit jamais rien ; la discrétion des grands palaces. Toutefois aujourd'hui la situation est différente. Il assure qu'il s'agit d'une Française. Elle s'est présentée comme la secrétaire de monsieur Hadé et il est persuadé qu'elle a dit vrai. Il pense aussi qu'il n'y avait rien entre eux. Elle était très élégante et portait un petit sac de voyage en cuir vert. Elle n'avait pas de bijou et était maquillée sobrement. Elle était vêtue d'un tailleur gris perle cintré à la taille et d'une jupe stricte descendant jusqu'aux genoux. Elle portait des chaussures à faible talon. Monsieur François ajoute que cette jeune femme, la trentaine, était très speed et qu'elle a tout vérifié dans la chambre, avant de laisser entrer monsieur Hadé.

— *Et ce monsieur Hadé, il a quel âge ?*

— *Je vais vous chercher sa déclaration.* L'homme revenu, le capitaine lui demande s'il pourrait faire un portrait-robot de la femme enfuie. Devant la réponse positive, le policier fait quérir un spécialiste qui attendait dans un véhicule à l'extérieur. Les deux hommes s'écartent quelque peu et s'installent derrière un ordinateur portable.

À ce moment-là, un policier de la Police scientifique, descendu de la 210, apporte le téléphone de la victime et il ajoute que son portefeuille est intact. Achard jette un coup d'œil sur le téléphone portable, mais ne peut rien en tirer de concret. Il demande au policier de tout emmener au labo. Il espère que le téléphone portable retracera le parcours de la victime.

Achard rumine de plus en plus : « quel est le mobile de cette femme, pour avoir empoisonné ce type ? Qui est réellement ce Jordanien. Hadé Nazzalhadj est-ce bien son nom ? Homme d'affaires qui vend et qui achète quoi ? » Autant de questions auxquelles il lui faudra répondre rapidement. Le temps presse d'autant plus que le commissaire vient téléphoniquement aux nouvelles. Le capitaine confirme qu'il s'agit d'un meurtre, que la scientifique est en train de passer la chambre au peigne fin et que le corps va être très rapidement transféré à l'IML. Après avoir rangé son Smartphone dans sa veste, il regarde la fiche sommaire de la victime. Il se confirme que selon ses dires, il s'appelle Hadé Nazzalhadj, qu'il est bien de nationalité jordanienne et qu'il est né à Zarka et qu'il a 37 ans depuis trois mois. Il réside à Amman, rue Al Bathaa.

— *Tout cela c'est peut-être vrai, mais c'est peut-être faux,* s'ouvre-t-il à Chantal. *Je vais contacter l'ambassade dès mon retour. On peut rentrer. Je vais rendre compte au patron et toi tu attends ton client à l'institut. On se retrouve quand tu veux chérie ! Tu as mon numéro de téléphone,* dit-il en riant et en l'embrassant.

Le capitaine et la légiste reviennent à Nice. Le policier laisse sa compagne devant l'Institut à l'hôpital Pasteur. Ils s'embrassent longuement, puis Achard repart vers le commissariat central.

Exécutions à Cannes ?

De retour au bureau, le capitaine demande à Suzanne, la fidèle secrétaire du groupe et majore de police de son état, de plus en plus férue d'informatique, de trouver les coordonnées de l'ambassade de Jordanie à Paris.

Suzanne est entrée dans la police voilà plus de 30 ans. Elle n'a jamais aimé le terrain et pas davantage porté une arme. Son truc, c'est le travail au bureau, parfaite secrétaire, ne sachant jamais dire non, de comptant pas les heures supplémentaires non payées ; ce qui fait dire au commissaire qu'elle est amoureuse du capitaine. Elle est amoureuse de son job et, au fil du temps, elle est devenue la mémoire du service.

Le capitaine se rend dans le bureau du commissaire. Il explique qu'il s'agit bien d'un empoisonnement. Les expertises que va mener madame Bellacini, la légiste donneront des conclusions dans ce sens. Quant au mort, il lui confirme son identité et la fréquence de ses descentes dans l'hôtel, depuis plus de quatre ans maintenant. Le fait qu'il s'agisse d'un étranger complique l'affaire.

— *Je vais contacter l'ambassade de Jordanie…,* dit Achard.

— *Oh oh ! Attendez, je vais d'abord en parler au Procureur.*

Achard revient dans son bureau en se disant que l'affaire va encore traîner. Suzanne est toujours en train de chercher les coordonnées de l'ambassade avec internet. Elle a encore du chemin à faire. C'est vrai que, comme tout le monde à la brigade, elle est née au siècle dernier !

Le capitaine téléphone à Chantal pour lui demander de l'informer de l'arrivée de la victime à l'IML, mais aussi et surtout pour entendre sa voix et connaître ses intentions pour midi. Il a beaucoup de mal à vivre sans elle. Elle aussi.

La porte s'ouvre, le commissaire, sans entrer vraiment, informe que Mathusier, le procureur, a accepté la recherche en ambassade.

— *Mais il nous demande d'y aller mollo. On marche sur des œufs.*

— *Faites-moi confiance, patron... Ah au fait, commissaire, où en est-on...* Mais Mat est déjà reparti. Achard voulait simplement lui demander si un nouvel arrivant était annoncé. Il a besoin d'un cyberflic !

La majore Lafarge, alias Suzanne, lui donne enfin toutes les coordonnées qu'elle a trouvées. Au beau milieu se trouve un numéro de téléphone, sorti des pages jaunes ! Le capitaine regarde sa montre, il est presque midi, mais il tente l'opération. Il compose le numéro et attend. Au bout de quelques instants d'un intermède musical commence le chemin de croix : tapez un, tapez deux... Finalement il atterrit sur une voix qui, dans un français teinté d'accent oriental, lui demande ce qu'il veut. Le capitaine se présente et commence à exposer sa requête. Mais son correspondant est déjà reparti vers un autre service au moment où il a entendu parler de police. Un nouvel interlocuteur, qui semble visiblement plus âgé, demande au policier les raisons de son appel. Le capitaine de la brigade criminelle explique qu'un ressortissant jordanien a été assassiné dans un palace de la Côte d'Azur. Il fournit son nom et demande à l'attaché militaire de lui confirmer cette identité. Pour toute réponse l'homme lui dit :

— *En fin de journée, je vous envoie un policier jordanien pour vous aider... Il atterrira à Cannes avec un jet privé. Donnez-moi simplement votre numéro de portable qu'il puisse vous contacter à son arrivée. Et tenez-moi au courant...*

Achard s'empresse de rendre compte à son patron de l'arrivée en fin de journée d'un flic jordanien sur Nice. Mat n'est pas très ravi... Il prolonge la nouvelle jusqu'à la place du palais de justice.

À midi, Fernand retrouve Chantal et mangent sur le pouce à la *Brasserie des poètes*, juste le temps de faire le point très rapidement sur ce qu'elle a déjà pu apprendre. En réalité, pas grand-chose. Elle confirme l'empoisonnement en précisant qu'il s'agit d'un empoisonnement lent.

— La bouteille de champagne ?

— Aucune trace de poison ni dans les verres ni dans la bouteille, juste les empreintes d'Hadé. Il n'y a pas davantage de poison dans le verre à dents de la salle de bains. Aucune trace de poison dans toute la chambre. Pas plus de chance dans la chambre de la demoiselle. Mais il a bel et bien été empoisonné. On est en train de chercher l'ADN sur les deux verres. Cela devrait nous faire progresser.

— Il faut qu'on retrouve cette femme. Elle est partie précipitamment, en emmenant toutes ses affaires, mais en laissant le flacon de L52 que lui a donné le veilleur de nuit. Vous l'avez analysé ?

— Oui, il n'a pas été ouvert... et à l'intérieur c'est bien ce produit homéopathique, pas de poison ! Je suis désolée. Par contre, je peux te dire qu'elle utilise numéro 5 de Chanel !

— Message subliminal ? Je passe te prendre ce soir, téléphone-moi, mon amour.

De retour au commissariat, le capitaine retrouve toute son équipe. Il demande si le portrait-robot de la demoiselle a été diffusé. Sam lui confirme que tout a été fait selon les règles. Il est en train de faire faire une reconnaissance faciale à la machine. Juju annonce qu'elle a rentré le nom du mort dans la bécane et que, depuis plus d'une demi-heure, la machine tourne en vain. Le capitaine continue en informant ses hommes qu'un policier jordanien est en route à la demande l'ambassade de Jordanie à Paris, pour les épauler.

— On n'a pas besoin de ce type !

— Je sais, Sam, mais il nous est imposé. Le Proc a donné son accord. Je vous ai dit d'y aller mollo. Notre macchabée est un ressortissant étranger important, semble-t-il.

— Je ne sais pas s'il est important, dit insidieusement Juju*, mais la bécane ne le connaît pas !*

Mat convoque son chef de groupe. La situation évolue. Le commissaire vient d'avoir au bout du fil le Directeur départemental de la Sécurité publique, qui veut plus d'informations sur cette regrettable affaire.

— On va le voir immédiatement.

Dans le bureau du chef départemental, se trouvent déjà, le responsable de la police aux frontières et le procureur Virgile Mathusier. Le capitaine Achard, chef de groupe à la Criminelle, expose les faits. Il insiste lourdement sur la femme qui s'est enfuie.

— Cela ne veut pas dire qu'elle soit coupable, mais pour le moment c'est quasiment notre seule piste. On attend également le type de poison ingéré et mon équipe est en train de retracer les 48 dernières heures de monsieur Hadé Nazzalhadj. On trace son téléphone portable. J'ajoute qu'un policier jordanien doit nous rejoindre en soirée.

— Un policier jordanien ? Pourquoi faire ? questionne le directeur.

— J'ai donné le feu vert, coupe le Procureur, *afin d'éviter les complications diplomatiques.*

— Bien, soupire le directeur. *Commissaire Makhlouf, mettez tous les effectifs dont le capitaine a besoin sur cette histoire. Il nous faut la résoudre au plus vite. Le ministre s'impatiente ! Et les télés sont déjà sur le coup. Qui les a prévenues ?*

— Personne ; en tout cas pas nos services...

Les politiques vont toujours plus vite que la musique. On a trouvé la victime à 7 heures 20 du matin, on ne peut avoir résolu l'affaire à 19 heures 20. Cela tout le monde le sait, mais le ministre s'impatiente. Le ministre et tous savent que les analyses toxicologiques prennent du temps. De même pour les analyses ADN en cours. Mais c'est de bonne guerre de stresser son monde, même si cela n'apporte rien de plus à l'enquête.

Et les chaînes de télévision en continu sont de vrais rapaces. Elles foncent sur leurs proies très vite, car toujours à l'affût du scoop. Il faut « informer » le bon peuple avant la concurrence. Et on oublie parfois de vérifier les infos. Ce qui est sûr c'est que ce type de chaînes de télé n'aide pas beaucoup les services de police. C'est même parfois un handicap, mais au nom de la sacro-sainte liberté de la presse que ne supporterait-on pas, pense le flic de base. Les gens ont besoin de savoir… Pas forcément ! Mais, dans ce monde dit moderne, il faut faire avec. Mais il faut bien se dire que ce n'est pas toujours bon de vivre dans un monde de transparence éperdue.

Au bureau, la capitaine peut constater que les fourmis bossent grave, comme dit Jérémy. Le visage de la jeune femme ne matche pas non plus dans les différentes banques de données. *Judex* reste muet.

Les recherches se poursuivent dans toutes les directions. Achard se dit qu'il pourrait encore avoir des questions pour le veilleur de nuit. Il a son adresse depuis le matin et il s'y rend. Monsieur François habite dans un immeuble cossu de famille, sis avenue de France. Le jeune homme dort depuis son retour du travail. Ses boules *Quiès* l'empêchent d'entendre la sonnerie de sa porte d'entrée. Le policier revient au bercail. Il le convoquera plus tard, ou il ira le voir un soir s'il en a le temps.

Il est 18 heures. Suzanne est déjà partie. Sam et Juju demandent à rentrer chez eux étant donné que l'enquête, pour l'heure, est au point mort. Alors qu'ils s'apprêtent à partir, quelqu'un frappe à la porte. Un jeune homme grand et dégingandé entre. Sa touche, comme dirait Suzanne, n'en fait vraiment pas un flic. À moins que… il se présente :

— Démétrios Vassilis, Français et flic, enfin seulement lieutenant débutant.

— Bienvenue à bord jeune homme. Connaissez-vous quelque chose à l'informatique ?

— C'est pour cela que je suis là, paraît-il…

— Alors c'est parfait. Je vous invite tous les trois au premier bistrot rencontré sauf celui d'en face. J'aime pas…

Et les quatre policiers se retrouvent place Sanserno au *Poppies bistrot*. Achard est heureux. Son équipe tourne bien et il ne sait pas trop s'il doit demander au nouveau de changer de look. En tout cas Démétrios est très prolixe sur sa vie, comme s'il voulait montrer sa bonne volonté à s'intégrer. Ses parents sont originaires de Grèce. Ils habitaient Kalamata, au pied des Météores et son père a émigré sous la dictature des colonels. Il n'a jamais quitté la Côte, recherchant le soleil de son pays. Lui, Démétrios est né à Toulon, il y a 27 ans. Il vit seul et il cherche un appartement dans la ville ou à proximité.

— *Et ce soir, tu crèches où ?* demande Sam.

— *Je vais trouver un hôtel. Mes fringues sont, pour le moment, dans le hall du commissariat.*

— *OK ; tu viens dormir chez moi, ce soir. J'ai tout ce qu'il faut et demain on te cherchera une piaule. Mais dis-moi, j'ai pas bien compris. Ton père habite sous les Météores. C'est quoi ce truc-là ?*

— *Les Météores sont des monastères perchés sur les montagnes et Kalamata est une petite ville qui s'est développée au pied de ces rochers bizarres.*

— *Ah ! Cela ne change rien. Ce soir, tu dors chez moi.*

— *À demain, tous au boulot à 8 heures ! OK ?* lance brusquement le capitaine.

— *Pas de problème patron,* répondent-ils, tous en chœur.

Fernand roule vers l'IML et en cours de route, grâce à *Bluetooth,* il contacte Chantal. À cette époque de l'année, les journées sont très longues et tous deux adorent ces soirées qui n'en finissent pas après le travail. Fernand se demande où il pourrait bien emmener sa chérie.

Quelques minutes après son arrivée dans la cour de l'Institut, elle se présente très souriante.

— *Si tu es d'accord, je t'emmène à L'Auberge de l'Aire Saint-Michel. Il faut en profiter maintenant, car j'ai la mauvaise impression que je ne vais pas avoir beaucoup de temps pour nous deux dans les prochains jours.*

— *On va où tu veux mon amour...*

L'auberge en question est située à deux pas de la villa de Chantal. Elle offre une excellente cuisine nissarte dans un cadre enchanteur. De là-haut, depuis la terrasse ombragée, le coucher de soleil sur la mer et l'Esterel lointain est de toute beauté, ces soirs d'été. Et puis le restaurateur, qui a bien connu les parents de Chantal, a un rosé de Provence de premier choix. Un « *Berne* » de derrière les fagots. Et puisque Chantal est en verve, après le repas, les deux amoureux font une petite balade dans les environs enchanteurs avant de rentrer se coucher.

Le capitaine a raison, les événements se précipitent. Le policier jordanien n'a toujours pas pris contact. Il aurait dû téléphoner en arrivant. Achard espère le voir débouler au bureau à la première heure, le lendemain.

Pour ce deuxième jour d'enquête, il faut que ça bouge. Dans son bureau, vide, ce jeudi matin, il attend son équipe et prépare la journée. Il est sûr que cela va bouger du côté de l'IML et de la scientifique. Il attend le nom et le type de poison de façon à étudier les possibilités de l'horaire de l'empoisonnement, puisqu'apparemment le bonhomme n'a pas été empoisonné à l'hôtel. Il faut affiner l'heure du décès. Il veut tous les indices trouvés dans les chambres. Il espère avoir la visite rapide de ce policier jordanien pour éclaircir la personnalité du mort. Puis tout d'un coup il se dit : « Si l'ambassade a éprouvé le besoin de m'envoyer un limier de chez elle, c'est que ce type est important, ou recherché par Interpol. Pourtant, hier, le directeur de la PAF n'était au courant de rien… »

À Sam, qui vient d'entrer, il demande d'envoyer tout ce qu'on sait sur la victime à Interpol et à Europol. Quant à Démétrios, il se plonge dans l'informatique du bureau. Le chef lui demande de faire un état des lieux et de lister ses besoins.

— *Juju, tu viens avec moi à Menton.* Juliette n'a pas le temps de se retourner, que déjà elle repart derrière son patron.

À Menton, le capitaine et son adjointe revisitent les deux chambres, déjà passées au peigne fin par les cotons-tiges de la scientifique et toujours sous scellés. Achard a davantage besoin de replonger dans la scène de crime autant pour envisager des théories et des hypothèses, que pour trouver des indices qu'il sait qu'il ne peut trouver après le passage de la police scientifique. Assis autour d'une table en teck sur le balcon, les deux policiers pensent tout haut.

« On a un homme d'affaires jordanien, qui vient régulièrement en France. Un type important puisqu'on nous envoie un poulet jordanien. Ce personnage important est arrivé hier soir par le train, puisqu'il n'y a pas de trace de lui à l'aéroport. Mais on n'a pas retrouvé de billet de train. Il arrive très tard avec une femme, qui passe pour être sa secrétaire, ici en France. Elle ne couche pas avec lui, mais ils boivent le champagne ensemble. Elle passe la nuit dans la chambre voisine, qui communique avec celle de la victime. Et la femme s'enfuit, au moment où le veilleur trouve le corps. Par où est-elle passée ? Comment cela se fait-il que le veilleur n'ait rien vu ? ».

Le veilleur de jour se présente et annonce le directeur de l'hôtel. Ce dernier, très maladroit, veut savoir quand lui seront rendues les deux chambres. Le business avant tout… Réponse évasive d'Achard. Quelques inutiles questions histoire de donner quelque importance à ce directeur impatient.

Puis, un peu avant onze heures, Achard décide de revenir à Nice. Le flic jordanien n'a toujours pas donné signe de vie.

Depuis son bureau, un peu avant midi, il téléphone à l'ambassade de Jordanie à Paris, redemande la personne qu'il a eue précédemment. Ce dernier lui confirme que l'appareil emmenant le policier détaché à l'ambassade, Yazid El Hashem, a bien décollé comme prévu et a dû se poser à Cannes-la-Bocca à 19 heures 12.

— Votre Policier n'a pas donné signe de vie… Je lance les recherches et je vous tiens au courant.

Le capitaine part en courant voir le commissaire et l'informe de la nouvelle embrouille qui se prépare :

— Le flic que l'ambassade a envoyé est arrivé hier soir à Cannes et personne ne l'a vu. J'ai lancé les recherches et je pars pour l'aéroport cannois.

Sur place, le capitaine se fait confirmer l'atterrissage, à 19 heures 08, du jet privé. Un homme avec une petite valise de cabine en est descendu. Il avait un passeport diplomatique, précise l'officier de la PAF et on l'a laissé filer « et ce d'autant plus qu'il arrivait de Paris ! »

— Mais j'ai tout noté ce que j'ai pu. Il s'appelle Yazid el Hashem et il est policier jordanien…

— C'est exact. Et après, en dehors de l'aéroport ?

— Nous avons des caméras extérieures, annonce le directeur de l'aéroport. *On va les visionner à l'étage.*

Les images montrent que le policier était attendu par un motard au guidon d'une grosse cylindrée, de couleur jaune.

— *D'où sort-il celui-là ? Vous connaissez ce motard ?*

— *Non, vous savez avec son casque...*

— *Oui, mais la moto...*

— *Jamais vue.*

Se retournant sur son adjoint, il lance : *Sam, je veux tout savoir sur cette moto jaune et ses deux occupants. Vu la cylindrée, on doit pouvoir la retrouver, assez vite.* Puis il téléphone au bureau :

Juliette, je t'envoie des images d'une caméra fixe de l'aéroport. Je veux que tu les dissèques et si possible que tu me retrouves cette mobylette dans la ville. Demande à Démétrios de t'aider ; il faut faire vite.

Grande question : où est passé ce flic ? Il rappelle Juju et lui demande de faire tourner ces images dans tous les commissariats du comté niçois. Il adore l'expression comté niçois, lui le lointain Sarde. Il l'informe qu'il se rend avec Sam au commissariat de Cannes-la-Bocca, le plus proche de l'aéroport. Sait-on jamais ?

Parvenu, avenue Michel Jourdan à deux pas de l'aéroport via l'avenue Francis Toner, le capitaine entre au commissariat. Les présentations sont inutiles. Fernand est connu comme le loup blanc, de Marseille à Menton. Il demande à visionner les caméras de la ville.

— *Vous cherchez quoi* ? questionne le brigadier-chef, l'air bousculé, inquiet, mais intéressé.

— *Une moto de très grosse cylindrée, jaune, avec deux hommes embarqués, en provenance de l'aéroport. Vous avez des caméras ?*

— *Pas besoin, votre moto est dans notre garage. Les deux passagers sont à l'hôpital.*

— *Un accident ?*

— *Non. On aurait préféré, mais on leur a tiré dessus. Il semble en réalité qu'on a tiré sur le passager. Avec les coups de feu, la moto a fait une embardée et elle est allée s'écraser contre un camion en stationnement illicite, notez bien. Jo, trouve-moi les images...*

Assez rapidement, le gardien de la paix, habitué à manier les caméras, trouve les images demandées. On voit nettement qu'une seconde moto arrive par l'arrière à la hauteur de la grosse cylindrée. À ce moment, le passager arrière ouvre le feu sur le policier jordanien, à deux reprises, avant que la moto ne dérape et n'aille s'écraser. La moto des agresseurs accélère et disparaît. Immédiatement, il se forme un attroupement.

— On a été appelés et on a foncé sur place.

— Bon c'est simple, c'est mon flic qui était visé. Il faut me retrouver cette moto bleue et vite. Le type qui se fait tirer dessus est un policier jordanien envoyé par l'ambassade, alors vous imaginez le pataquès ! Vous me retrouvez cette meule rapidos.

Achard sait qu'il n'a pas d'ordre à donner aux policiers de Cannes, mais au moment où il prononce cette phrase un peu trop autoritaire, le commissaire alerté, fait irruption derrière le guichet. Il fut un temps capitaine à la Crim et il connaît assez bien Achard.

— Qu'est-ce que tu fais ici ?

— Je cherche une moto bleue, enfin les types qui étaient dessus ; ils viennent de flinguer un policier étranger.

Le commissaire réagit immédiatement :

— Au boulot, les gars, on trouve cette moto et ses occupants et vite... On s'en occupe, Fernand. Je te tiens au courant.

Après avoir remercié son ancien et lointain collègue, Achard se rend à l'hôpital des Broussailles, situé sur les hauteurs de la ville. Sam conduit assez prudemment. Le capitaine lui demande d'aller plus vite, tout en actionnant le deux tons et le gyrophare.

— Imagine que notre flic canne... On dit quoi à la famille ?

— Vous connaissez sa famille, patron ?

Sur place, ils obtiennent de voir un médecin urgentiste, qui vient d'admettre les deux blessés. Celui-ci, après s'être renseigné, informe les deux policiers que le passager est dans un état critique, entre la vie et la mort, mais que le pilote de la moto n'est que légèrement blessé. Le capitaine demande à voir ce dernier. Le numéro de la chambre donné, les deux policiers rencontrent le jeune, bien balafré avec moult pansements, mais ses blessures ne sont que superficielles, hormis un bras cassé.

Achard se présente, fait de même pour son adjoint et commence une sorte d'interrogatoire en douceur. Il veut savoir si le pilote a reconnu ses agresseurs, malgré leurs casques. Peut-être a-t-il reconnu un détail sur les casques, les vêtements, la moto ? Au bout d'un instant, l'homme pense pouvoir identifier la moto. En tout cas, il sait où il en a vu une identique. Avec ce renseignement, les policiers foncent à l'adresse indiquée : la cité de Ranguin, toute proche. Ils furètent et très vite font connaissance avec l'engin. La moto bleue est bien là, garée et planquée dans un réduit sombre réservé aux deux roues. L'immatriculation relevée est envoyée immédiatement à Nice et le nom du propriétaire revient presque en boomerang. Nom et adresse : les deux flics sonnent à la porte de l'appartement indiqué. Une femme leur ouvre la porte. Visiblement c'est la mère du motard. Elle acquiesce, mais son fils n'est pas là.

Achard, qui pense que la mère va téléphoner à son rejeton, pour le prévenir de la visite des keufs, demande néanmoins au commissariat de Cannes-la-Bocca l'envoi d'une voiture banalisée pour surveiller l'immeuble et intercepter le pilote de la moto le plus vite possible.

Le capitaine est de retour à la maison mère. Il fait un compte rendu circonstancié de cette affaire. Mat informe le procureur. Ce dernier n'aime pas du tout cela. La première question qui vient à l'esprit est « Qui savait qu'un policier jordanien arrivait par jet privé à 19 heures ? » Tout le monde se demande également pourquoi on a voulu abattre cet homme ? Qui a exécuté cette agression et sur ordre de qui ? Cela fait beaucoup de questions. Il est évident que cette exécution est à mettre en rapport direct avec l'assassinat de l'homme d'affaires à Menton.

La journée avance inexorablement, mais l'enquête avance bien peu. Le capitaine et Sam sont plongés dans un monceau de papiers, lorsqu'entre un homme de la police scientifique, suivi de la légiste. Ils apportent tous deux d'excellentes nouvelles. Chantal donne les résultats de différents tests. Elle a isolé le poison, mais elle précise qu'elle attend encore le test de Weiland.

— *J'ai analysé le foie et plusieurs tissus post mortem. Le poison utilisé est une amatoxine. Au début, j'ai pensé à autre chose : un savant mélange de métabloquant et d'anticoagulant, mais non. On a bien affaire à un oligopeptide synthétisé. Ce qu'il faut savoir c'est que ce poison agit principalement sur l'ARN polymérase qu'il inhibe plus ou moins rapidement. Cela dépend du sujet.*

Le foie est le principal organe affecté, car il est le premier à entrer en contact avec ces poisons après absorption par l'appareil digestif, même si d'autres organes, en particulier les reins, peuvent être touchés. En fonction du poids, de l'âge et de la condition physique du sujet, je puis dire que le poison a été ingéré la veille de sa mort vers midi ou treize heures et que notre homme est décédé vers 1 heure du matin, au plus tard vers 2 heures.

Tout le monde se tait dans le bureau. Il faut que Chantal, la légiste ait son heure de gloire dans chaque enquête. C'est une excellente légiste et tout le monde l'apprécie grandement. Mais personne ne sait que le capitaine l'aime plus que tout au monde. Le policier de la scientifique confirme l'heure de la mort en parlant de l'état des draps du lit.

— *Le type s'est littéralement vidé de haut en bas…*

— *Merci lieutenant, gardez les détails pour le rapport. Il nous reste donc à trouver où était notre victime à cette heure… Autour de 13 heures, vous nous dites, madame la légiste ? Où en est-on avec la SNCF ?* questionne le capitaine vers Sam et Juju.

— *Il n'y a pas de billet à son nom, dans aucun TGV. Aucun billet de train depuis Marseille ou Paris… Peut-être est-il entré par l'Italie ?*

— *Pas d'avion, pas de train, il n'est pas venu en patinette. Vérifier les entreprises de cars qui font la liaison avec Paris, chercher s'il n'y a pas de location de voiture. Il faut qu'on trouve comment cet homme est arrivé à Menton. Il est arrivé au Palace, avec une femme, en voiture. Nous savons qu'il s'agit d'une Mercedes de location, de couleur gris métallisé. Où a été louée cette bagnole ? Cherchez partout et surtout trouvez... Faites toutes les agences de la Côte de Menton à Marseille... et au-delà si besoin est.*

Et un peu excédé, Achard ajoute :

— *Et trouvez-moi cette bonne femme !*

Achard met la pression sur tout le service, car il sent bien que cette affaire démarre très mal. Que vient faire dans cet assassinat, cette attaque de la moto ? La fourmilière se remet à vibrer dans tous les sens ; deux majors de police sont venus en renforts, envoyés par le commissaire. Le capitaine s'adresse au policier de la scientifique :

— *Quelle autre bonne nouvelle m'apportez-vous ?*

— *On a retrouvé des cheveux dans la salle de bains de la demoiselle. On a isolé l'ADN, et on a envoyé le résultat dans nos bécanes.*

— *Super. Et alors ?*

L'homme hésite.

— *Mettez en mode actif*, lance Achard irrité par ces hésitations.

— *C'est une policière !*

— *Une policière ?... Jordanienne, Française ?*

— *Française, il s'agit du lieutenant Caroline Labaz.*

— *Un flic français ?*

— *Oui, elle émarge à la police nationale parisienne, où personne ne la connaît ! Jamais entendu parler...*

— *P... qu'est-ce que c'est que cette histoire ?*

Le téléphone sonne. Achard décroche. C'est le commissariat de Cannes-la-Bocca. Il sourit et dit :

— *Amenez-le chez nous... Un grand merci, je te revaudrais ça !* Puis il raccroche. *Ils ont pris le pilote de la moto bleue et ils nous l'amènent. On va pouvoir en savoir un peu plus sur cette affaire.*

La porte s'ouvre, un gardien de la paix informe le capitaine que le commissaire l'attend dans son bureau.

Mat est soucieux de la tournure des événements. Le préfet lui tanne le cuir sans arrêt et le procureur prétend que le ministre fait de même.

Mat veut davantage d'infos. Après quoi, il l'informe qu'il vient de recevoir un coup de fil de la DGSE de Paris : la demoiselle Caroline Labaz, lieutenant à la Sécurité extérieure, sera là demain à 8 heures 30 du matin. Il lui demande personnellement d'aller la chercher à l'aéroport pour éviter une nouvelle catastrophe.

Fernand est mort de fatigue. Il rentre seul à la maison de Gairaut, après en avoir prévenu Chantal. Elle est déjà sur place : deux œufs au plat et soirée télé. Fernand s'endort souvent devant le poste… pas ce soir, il regarde Cherif, un « copain » à lui, qui officie à Lyon.

La demoiselle de la D.G.S.E.

Vendredi, 8 heures 45, le vol Air France 7700 en provenance de Paris se pose sur l'aéroport niçois. Le capitaine a bien fait les choses. Les abords extérieurs ont été sécurisés. Pas de motos à l'horizon. Il attend, avec le lieutenant Grange, la demoiselle de la DGSE. Il pense que cet agent du renseignement devrait l'aider sérieusement à résoudre l'énigme qui le hante depuis deux jours. Les passagers commencent à sortir. Achard reconnaît la femme grâce au portrait-robot de monsieur François. Elle a les jambes immenses d'Adriana Karembeu, le visage de Cindy Crawford et un port de tête d'enfer. Elle est sapée comme une princesse et maquillée comme un arbre de Noël, selon une expression de Chantal. Les hommes oublient souvent le cerveau des femmes pour ne voir que leur apparence. Dommage ! Caroline est habillée d'un pantalon noir très seyant et d'une veste gris perle sur laquelle elle a jeté un grand foulard violet. Impossible de penser une seconde qu'il s'agit d'une espionne de la Surveillance extérieure du territoire ! Le capitaine l'interpelle…

Tout le monde se salue poliment. Achard jette la valise de la demoiselle dans le coffre et en route pour la maison mère. Sur le chemin du commissariat central, c'est le black-out total. Juliette conduit en silence ; à ses côtés le capitaine ne dit pas un mot et sur la banquette arrière de la SUV 3008, Caroline, médusée de cet accueil qu'elle juge froid, reste occupée avec son Smartphone.

Mat a demandé à voir la demoiselle avant qu'elle ne fasse sa déposition devant le groupe du capitaine. Dans le bureau du commissaire, le lieutenant Labaz salue réglementairement le gradé, qui lui demande de s'asseoir. Achard fait de même. Elle se présente brièvement, puis donne encore plus brièvement son rôle dans cette affaire.

— *Nous comptons sur vous lieutenant pour démêler cette affaire avec le capitaine. J'ai entièrement confiance en lui et vous ferez de même. Aucune retenue dans vos propos. C'est bien compris…*

— *Sans aucune difficulté, monsieur le commissaire.*

— *Vous restez à notre disposition tant que dure l'enquête… Je préviens Paris.*

Les deux policiers retournent dans l'open-space du groupe Achard. Il y a là une grande pièce dans laquelle tout le groupe s'agite. Et dans un coin, le bureau du capitaine aménagé derrière une grande cloison vitrée. Le capitaine prend place derrière un bureau et invite le lieutenant à s'asseoir en face de lui, tandis que l'ensemble du groupe prend place tout autour. Tout le monde est aux aguets. Outre Sam qui ouvre de grands yeux depuis que la demoiselle est entrée, il y a là Juju et Démétrios, les deux majors de police en renfort et Suzanne « petite souris grise » effacée, mais d'une redoutable efficacité.

S'adressant à son groupe, le capitaine présente la nouvelle venue :

— *Lieutenant Caroline Labaz de la Direction générale de la surveillance extérieure du territoire. C'est elle que nous recherchons depuis le premier jour et que nous avions identifiée hier grâce à son ADN.* Le capitaine ajoute cette info, histoire de bien montrer qu'en province on n'est pas aussi bête qu'on le pense dans la capitale ! Chacun sait que pour les Parisiens, le Tiers-monde commence au-delà du périf !

— *Lieutenant, dois-je vous appeler lieutenante, agent, ou Caroline ? Ici on s'appelle tous par nos prénoms…*

— *Appelez-moi Caroline, je suis de la maison et je suis là pour répondre à toutes vos questions…* Cette réponse plaît à Achard, mais ravit encore plus Sam, qui est en état de béatitude quasi comateuse.

— *La première est très simple : pourquoi avez-vous fui mercredi matin en découvrant le mort ?*

— Lorsque j'ai découvert le corps, j'ai immédiatement téléphoné à mon supérieur, le lieutenant-colonel Montbrand. Celui-ci m'a dit textuellement : « rappliquez immédiatement à la maison ». C'est ce que j'ai fait. Et je me suis fait sérieusement réprimander. Mais le plus simple c'est que je reprenne depuis le début.

— C'est effectivement ce que j'allais vous demander. On vous écoute…

Suzanne a mis en marche le magnétophone antique à cassette et s'apprête, malgré tout, à prendre des notes en sténo.

— Je voulais tout d'abord vous dire que je suis issue de l'armée de terre, via Coetquidan. J'en suis sortie avec le grade d'aspirant et suis allée en Afghanistan pour une mission de 6 mois. Mais pour des raisons diverses et très personnelles, à mon retour avec le grade de lieutenant, je suis rentrée à la DGSE. Je travaille depuis 6 ans sur le terrain.

Sam est scotché ! Pas un bruit dans l'open-space. Seule une mouche malpolie se permet de rompre ce silence.

Voilà… Il y a un peu moins de trois ans, nos services du Moyen-Orient ont découvert que le dénommé Hadé Nazzalhadj, ressortissant jordanien, travaillait pour des groupes jihadistes et terroristes basés en Syrie et en Irak. Il a été interpellé lors d'une escale à Roissy, alors qu'il était en route pour Anvers. On a trouvé, dans la mallette métallique qu'il transportait, une importante quantité de diamants. Leur expertise a montré qu'il s'agissait de pierres volées. On a apporté la preuve qu'il travaillait avec deux individus que nous savions être membres influents du jihadisme. Des renseignements avaient été échangés à leur sujet. Hadé apportait en Europe ces diamants et les refilait à des receleurs, puis il rentrait au pays. Son rôle s'arrêtait là. Nous avons suivi les pistes des receleurs. Mais pour Hadé, nous l'avons travaillé au corps. On cherche toujours à retourner ce genre de personnage. On l'a fait mijoter plusieurs mois, le temps de trouver sa famille et ses points faibles. Quand tout fut au point, on lui a proposé de travailler pour nous, sinon une très longue détention l'attendait pour appartenance à un mouvement terroriste. Il a cédé assez vite.

— Savez-vous pourquoi cet homme a agi ainsi ? Par besoins financiers ou par conviction.

— Pas du tout et c'est pour cela qu'il a très vite cédé. Il est apparu soulagé. Il nous a raconté son histoire. Il était intarissable.

Des hommes du Djihad l'ont abordé, un jour dans une rue de Beyrouth, car le mouvement avait remarqué ses nombreux déplacements en Europe. Pour les jihadistes, il y avait là une aubaine à saisir. Depuis qu'ils ont perdu certains puits de pétrole, il leur faut trouver de l'argent pour alimenter leur cause. Hadé achète et vend des machines-outils dans tout le Moyen-Orient, machines qui viennent souvent de Suisse, d'Allemagne, de Grande-Bretagne ou de France. Il fait donc de nombreux déplacements. Ils lui ont mis le marché en main : soit il travaillait pour eux, soit sa famille était éliminée. Il a refusé, jusqu'au jour où sa sœur, guide à Pétra, a été retrouvée morte dans le désert d'Udhruh, à plusieurs kilomètres de Pétra. Elle avait été égorgée. Un jihadiste a repris contact, lui a montré des photos. Il a compris et il a cédé.

Il nous a confirmé qu'il devait acheminer en Europe des diamants, des pierres précieuses, de l'or et des bijoux – cela variait sans cesse. Il devait ensuite les donner à des receleurs connus du Djihad seul. Après quoi, il devait rentrer chez lui et attendre les ordres.

— Sa famille était-elle au courant ?

— Il nous a juré que non... et je le crois. Lorsque nous l'avons retourné, la DGSE a mis au courant l'attaché militaire de son ambassade à Paris...

— Cela explique la réaction de cet homme et l'envoi de son policier, souffle Fernand.

— L'ambassade prévenue, les Jordaniens ont procédé à l'exfiltration de sa famille d'Amman et de Pétra. Tout le monde vit actuellement dans un endroit du pays tenu secret. La place ne manque pas dans le désert...

Cela fait donc deux ans qu'il poursuit son activité, pour nous.

— Et cela fait deux ans qu'il n'a pas vu sa famille ?

Caroline n'entre pas dans ces considérations sentimentales.

— Il continue son trafic et nous contrôlons l'argent récupéré. En contrepartie, il nous renseigne sur les mouvements terroristes en Syrie et en Irak et depuis un an, au Liban et même dans son pays.

J'ai été briefée, car je m'occupe de lui depuis le début de l'année. Je dois le surveiller et le protéger à distance. J'agis toujours comme cela et lorsque cela n'est pas possible, je deviens sa secrétaire pour la France. C'est ce qui s'est passé ces derniers jours.

Lorsque Hadé est arrivé en France...

— On n'en a pas de traces...

— Il est arrivé avec un faux passeport fourni par les services secrets jordaniens.

— Nous n'avons pas retrouvé ce passeport...

— Normal, c'est moi qui l'ai récupéré. Il est retourné au service compétent de chez nous.

— Vous pensez à tout !

— Chacun son métier capitaine. Donc je disais, lorsqu'il est arrivé à Paris Roissy, par un vol direct d'Air France, lundi matin à 6 heures, je l'ai pris en main. Nous avons déjeuné dans une brasserie du Quartier latin, puis nous sommes allés place Vendôme. Là, il avait rendez-vous avec un passeur, dans une bijouterie de la place, à 11 heures 30. Il ne le connaissait pas, mais ils se sont reconnus grâce au code vestimentaire fourni par le correspondant jihadiste. Pendant ce temps-là, je suis restée dans la voiture, voiture louée chez Avis pour l'occasion. Hadé est ressorti vers midi moins le quart. J'ai vu, à ce moment-là, l'homme avec la mallette traverser une partie de la place. Je l'ai photographié tant que j'ai pu, avant qu'il ne rentre dans une autre bijouterie. Tout cela figure dans mon rapport remis hier à mes chefs. Je suppose que vous pourrez en obtenir un exemplaire.

— Et après ?

— L'après-midi a été consacré à rencontrer des industriels. Il est important que sa couverture fonctionne parfaitement. Nous sommes allés à Boulogne-Billancourt et ensuite près du port de Gennevilliers.

Le soir, nous étions au Novotel, à côté de la gare de Lyon. Le lendemain matin…

— Mardi matin ?

— Oui, mardi matin nous avons pris le TGV à 7 heures 19. Nous sommes arrivés à Nice à 13 heures pile.

— Pas de trace des billets…

— Normal capitaine. Ils ont été pris par le service…

— D'accord ! Et à Nice, qu'avez-vous fait ?

— Hadé avait rendez-vous à 13 heures 30 avec un émissaire du Djihad. Celui-ci devait lui donner le lieu de la prochaine livraison. C'était inhabituel. Mais nous sommes allés au rendez-vous prévu dans une brasserie près de la gare, la brasserie Lounge.

Caroline explique ensuite ce qui s'est passé dans cette brasserie. Il y avait encore beaucoup de monde qui déjeunait. Elle est entrée, a repéré l'individu aisément et elle s'est installée à une table. De sa place, elle a pu photographier très discrètement le bonhomme.

— Ce n'était pas un Oriental, je pensais alors qu'il était Français.

Hadé est entré et a regardé à droite et à gauche, jusqu'au moment où l'individu lui a fait un petit signe très discret. L'entretien fut court. L'individu avait devant lui, sur la table, un thé et Hadé a commandé une eau minérale gazeuse, sur la proposition de son interlocuteur. L'homme a glissé le journal *Nice matin* devant Hadé. Ce dernier savait que c'était pour lui. Avec le journal, il est parti aux toilettes.

— À ce moment-là, je suis descendue derrière lui. Protection oblige… Hadé a lu l'information et a déchiré le billet, glissé dans le quotidien avant de le jeter dans la cuvette des WC et de tirer la chasse d'eau. Quand nous sommes remontés, le jihadiste, qui avait achevé son thé, s'est levé. Il a serré la main d'Hadé et il est sorti dans la rue. Il n'était pas encore 13 heures 30. Hadé a terminé son eau minérale…

— Il était donc 13 heures 30 environ. Nous tenons notre empoisonneur… Mais une question me torture encore. Cet interlocuteur ne savait pas qu'Hadé irait aux toilettes… Et après qu'avez-vous fait ?

— Si pour les toilettes. Il fallait qu'Hadé lise l'information et détruise le billet. Hadé ne m'a pas révélé la nouvelle adresse. Cela m'a paru louche, car d'ordinaire, ce genre de rendez-vous a lieu au Moyen-Orient... Après le départ du type, on a rapidement déjeuné dans la brasserie en question, puis nous avons récupéré un véhicule, amené par le service. Je conduisais toujours et, par l'autoroute, nous sommes allés à Toulon. Là, Hadé a rencontré un responsable de l'Arsenal, puis nous sommes revenus vers Nice et sur le retour nous avons fait une halte dans une entreprise de la plaine du Var, où il devait acheter une machine spéciale. Tous les noms sont dans mon rapport.

Nous avons dîné à Menton, chez Martin, Hadé a voulu dîner en terrasse. Je n'aime pas beaucoup ce genre de situation, la surveillance est difficile, surtout le soir, avec les éclairages médiocres, voire la pénombre.

— Vous êtes armée ?

— Toujours... Et après le repas, vers 22 heures, nous sommes allés à l'hôtel Méditerranéo. J'étais crevée. Hadé a ses habitudes dans ce palace et il est important que le Djihad, qui le suit certainement, constate qu'il ne change rien à ses habitudes.

— Vous avez bu le champagne ?

— Hadé aimait être grand seigneur. Nous avons bu une coupe et je suis allée me coucher.

— Mercredi matin, que se passe-t-il ?

— Hadé voulait, comme à son habitude, faire un petit jogging en bord de mer. Je devais bien sûr l'accompagner. J'ai donc frappé à la porte intermédiaire et comme il ne répondait pas, je suis entrée. C'est mon travail. Je l'ai vu inerte sur le lit... J'ai tout de suite compris...

J'ai immédiatement téléphoné à mon supérieur à Paris, car la situation était inédite, voire imprévisible. Le lieutenant-colonel m'a dit textuellement : « Tu rappliques immédiatement ».

Je suis donc allée prendre l'avion à Nice, Vol Air France à 8 heures 40 pour Paris et j'ai laissé la voiture sur place, sur le parking express.

— Pas de trace de billet d'avion à votre nom, bien sûr...

— Mais c'est normal capitaine, nous sommes des services secrets. Un correspondant du service à Nice a fait le nécessaire, pour le billet et pour la voiture. Je ne dois apparaître nulle part !

— Vous savez, nous les flics on n'aime pas trop cela ! Donc vous êtes repartie à Paris, vous vous êtes fait réprimander et vous avez rédigé votre rapport et on vous a dit de revenir nous voir !! C'est bien cela ?

— Tout à fait capitaine.

Un lourd silence tombe dans la pièce.

— Bon, pas de problème. J'ai encore beaucoup de questions pour vous.

Vous restez à Nice et vous travaillez avec nous dès maintenant. Ça vous va ?

— Parfaitement.

— On va vous trouver un hôtel...

— J'aimerais bien aller dormir chez une amie. Est-ce possible ?

— Bien entendu, mais vous êtes là demain à 8 heures ! Restez sur vos gardes. Le policier jordanien envoyé par l'ambassade a été abattu hier soir.

Le capitaine demande ensuite à Sam s'il sait si le pilote de Ranguin a été amené au poste. Le lieutenant répond dans l'affirmative et précise qu'il est en salle d'interrogatoire, en train de mijoter.

Le capitaine demande à Caroline de travailler avec Suzanne à la rédaction d'un premier rapport et d'ajouter éventuellement tous les détails qu'elle aurait pu omettre.

— Sandwiches pour tout le monde. Gaston va nous amener cela...

— Démétrios vous repérez notre bonhomme du Lounge sur les caméras de surveillance de la ville. Je veux savoir où il a été après avoir rencontré Hadé. Il est peut-être encore dans la ville...

— J'ai oublié de vous dire, capitaine...

— Oui, Caroline ?

— Grâce à mes photos, le service l'a identifié. Il s'agit de Philippe Meunier, alias Mokhtar ben Youssef. Il est de la région bordelaise. Il

a changé de nom lorsqu'il s'est converti à L'Islam. Sa fiche S précise qu'il a fait deux tentatives vaines pour se rendre en Syrie. Mais qu'il a fini par se rendre au Pakistan. On imagine ensuite que depuis ce pays, il a pu gagner plus aisément la Syrie. Il est revenu en France depuis 6 mois. Je ne sais si vous pouvez avoir sa fiche…

« Le capitaine fulmine intérieurement », se dit Juju qui le connaît bien. L'officier sort et se rend chez son supérieur. Il explique au commissaire que la demoiselle de la DGSE le promène un peu trop à son goût.

— *J'ai l'impression d'être tenu en laisse…*

— *Capitaine ce sont les services secrets…*

— *Ouais, services secrets ou pas, il nous faut son rapport et la fiche S du dénommé Philippe Meunier. Je veux aussi son ADN pour pouvoir la comparer le moment venu.*

— *Philippe Meunier ?*

— *C'est probablement notre empoisonneur.*

— *Je vais voir le Procureur et je fais le nécessaire.*

Dans l'après-midi, Achard commence un sérieux interrogatoire du motard de Ranguin. Il veut le nom du passager. Le motard veut un avocat…

— *Tu regardes trop de séries policières, mon gars… Si tu veux un avocat, je vais être obligé de te mettre en garde à vue… Pour l'instant tu es témoin dans une affaire de meurtre…*

Le jeune homme paraît fort surpris en entendant ce mot.

— *Le type est mort ?*

— *Tout ce qu'il y a de plus raide mort. Ton copain l'a flingué et toi tu pilotais ta moto. T'es dans la merde mon gars. Si tu parles, je le dirai au Procureur…*

— *Mais on ne voulait pas tuer Zak…*

— *Qué Zak ?*

— *Zak c'est un gros dealer de la cité. Il doit beaucoup de fric à un plus gros bonnet que lui. Celui-ci lui a demandé trois fois de le rembourser. Il fait la sourde oreille, alors il a décidé de nous envoyer pour lui donner une leçon, lui foutre la trouille...*

— Qui on ?

— Mon frère et moi. On voulait juste lui foutre la trouille...

— Où est ton frère ?

— Je veux un avocat.

— OK, tu vas avoir un avocat et en attendant tu es en garde à vue.

Le capitaine Achard, après avoir signifié l'heure au prévenu, sort de la salle d'interrogatoire. Dehors, derrière la grande vitre tintée, il retrouve Sam. Tous deux sont en train de prendre conscience que la personne visée n'était peut-être pas le policier jordanien.

— J'aime mieux cela d'un certain côté. Tu y retournes, je veux savoir qui est Zak, où il se trouve et où se planque le frère de cet abruti. Tu devrais avoir cela par la mère de ces deux mouflets. Je vais voir Mat.

Mat, mis au courant, a la même réaction que son capitaine.

— Je préviens le procureur qui fera le nécessaire auprès de l'ambassade... Bon travail, capitaine...

Depuis son bureau, Achard téléphone à l'Institut médico-légal. Il demande à Chantal de lui confirmer le calibre de la balle retrouvée dans le corps du policier jordanien. Il lui demande, comme un service, d'aller se renseigner à l'hôpital des Broussailles sur la santé du dit flic et d'obtenir un maximum de renseignements. C'est toujours plus facile pour un médecin que pour des flics.

Puis il retourne en salle d'interrogatoire. Il informe à nouveau le jeune homme de sa mise en garde à vue, à partir de l'heure annoncée. C'est la loi.

— Téléphone à ta mère et dis-lui de demander à ton frère de se rendre...

— Mais mon petit frère n'a rien fait !

— Comment, tu viens de nous dire que toi et ton frère...

— C'est pas lui qui était avec moi...

— C'est qui, non de Dieu ? Arrête tes embrouilles. Le type est mort ! Tu percutes ?

— Je veux un avocat.

— OK !, on va t'en trouver un et en attendant je te confirme ta garde à vue. Tu sais ce que cela veut dire ? Il est 17 heures 50, lieutenant vous notez ? Retour en cellule…

— Attendez… Si je vous dis qui c'était, vous me promettez…

— Nous, on ne promet jamais rien. Tu nous dis qui a tiré et on le signale au Proc.

— Je veux un avocat.

— Donne-nous le nom du tireur.

— Je veux un avocat…

— Bon basta, ramenez-le en cellule, on verra demain matin.

De retour dans le bureau, Achard s'enquière auprès de Démétrios à propos du suspect. Les caméras ont parlé. Démétrios donne le parcours complet du bonhomme. Il est remonté dans l'avenue Thiers, où il ne fut pas aisé de le suivre, vu le monde. Il a traversé l'avenue Jean Médecin.

— Il a pris ensuite la rue Pertinax. C'est là que je l'ai récupéré. Il est entré dans une montée privée au carrefour de la rue Pertinax et de la rue Lépante, entre une charcuterie et un assureur. Il y a un code. Il a parlé à l'interphone et la porte s'est ouverte.

— Bien joué… Sam envoie tout de suite un groupe pour une surveillance et un bouclage de l'immeuble. Je vais voir Mat.

Le commissaire est ravi de cette information. Il téléphone au procureur. Celui-ci l'informe d'une conférence de presse pour le lendemain 11 heures au palais de justice. Trop heureux de ce dénouement, il autorise l'arrestation immédiate ; il fera parvenir rapidement le mandat.

Achard de retour à l'open-space annonce la bonne nouvelle. Branle-bas de combat, avec gilet pare-balles.

Au même moment, Sam téléphone à son chef. Le grand frère du pilote de la moto accompagne une classe verte à la Bollène de Vésubie.

— Pas grave, je t'expliquerai. Le frère n'y est pour rien apparemment. Rapplique rue Pertinax, dare-dare. On a retrouvé notre type.

Il est 18 heures 30, un vendredi soir, la rue est loin d'être déserte. La police stationne ses véhicules comme elle peut. Des barrages, mis en place tout autour de la place, entraînent un bouchon monstre et un concert de klaxons. Les agents de la police municipale tentent de calmer tout le monde. Ce qui calme le plus les automobilistes et les piétons, ce sont les hommes en armes qui prennent position un peu partout. Tout le monde pense au terrorisme qui secoue le pays depuis quelques mois. Le capitaine et son groupe entrent dans l'immeuble via l'interphone. Démétrios, resté au commissariat, donne d'importantes informations à son chef. Il est en direct avec le charcutier voisin. Celui-ci s'est fait un peu prier, mais lorsque le policier lui a parlé d'entrave à la justice, il a accepté de dire tout ce qu'il savait sur ses voisins. Il lui apprend ainsi que le rez-de-chaussée est vide, selon lui. Les occupants sont au Brésil pour l'hiver. Au premier gauche se trouve une vieille dame et en face un couple de retraités. À l'étage supérieur, les Dumonteil viennent de partir en week-end chez la mère d'elle. En face, le charcutier ignore qui vient d'emménager.

— Par contre, capitaine, il sait qu'au troisième gauche les locataires ont emménagé début janvier et qu'il s'agit d'un étranger et de sa femme. Le type dit qu'il s'agit d'un Iranien, mais il n'en est pas sûr…

Les policiers qui s'étaient arrêtés dans la montée d'escalier reprennent leur ascension en silence. Le capitaine, arme à la main, frappe à la porte de l'Iranien. En bas dans la rue, le commissaire Mat et le procureur Mathusier viennent d'arriver. Le policier frappe une nouvelle fois. Pas de réponse. Il téléphone à Mat et lui demande s'il peut enfoncer la porte. Réponse positive du Procureur. Alors qu'un policier, harnaché de cuir comme un soldat de la guerre de Cent Ans, s'apprête à enfoncer la porte, Sam sort son outillage Arsène Lupin, comme il l'a baptisé.

— C'est mieux capitaine. S'il n'y a personne, on referme délicatement la porte ! Ni vu ni connu…

— T'as raison, faisons dans la douceur…

Visite rapide de l'appartement. Il est vide. Achard redescend dans la rue. Le Procureur ordonne une perquisition immédiate. Le capitaine qui informe les policiers leur demande de ne rien déranger. Dans sa tête, il est important que lorsque l'individu reviendra, s'il revient, il ne se doute de rien. Il faut faire vite, car il y aura certainement une bonne âme pour prévenir le dénommé Eskandar Mazyar-Babaheh, du nom lu sur la boîte aux lettres, que les flics le recherchent. Les autorités se retirent. Achard met en place un dispositif pour surveiller la maison. Il visite ensuite l'arrière-cour. C'est compliqué. Il existe une courette étroite et allongée, ouvrant sur une série de garages. Et en plus, il y a deux entrées. Il faut sécuriser tout cela. Personne ne doit entrer ou sortir sans que la police ne l'ait contrôlé. Puis Achard quitte les lieux, en espérant…

Le soir, il retrouve son amour dans la magnifique villa de Gairaut. Chantal, qui a passé tout son après-midi, à cuisiner des farcis, sait que son Fernand adore les farcis, spécialités niçoises avec un tian au rizotto, un régal !

Elle lui donne des nouvelles rassurantes du motard. Quant au jeune policier, il a été placé en coma artificiel pour l'aider à s'en sortir. Selon deux médecins qui le suivent, on devrait être fixé en début de semaine.

— J'ai récupéré la balle, c'est du 9 mm et j'ai exigé qu'un rapport te soit envoyé rapidement au commissariat. J'ai également récupéré le téléphone portable du pilote. Je lui ai dit qu'il pourrait le reprendre au commissariat, quand on le préviendrait et j'ai recopié son adresse postale. Tu vois j'ai bien travaillé !

— Un vrai flic, madame la légiste de mes amours !

Le capitaine téléphone ces infos à son chef Mat. Puis les deux amoureux vont s'asseoir sur la terrasse. Le soleil disparaît lentement derrière les grands pins de la villa voisine. L'apéritif dégusté dans le doux silence de la campagne vaut tout l'or du monde. Et Fernand, qui au fond est un grand émotif, d'ajouter les yeux humides :

— *Tu vois chérie, depuis que nos situations se sont stabilisées, nous avons ouvert une porte vers l'infini, vers l'infini de notre amour...*

— *Je ne te savais pas poète...* dit-elle, en riant...

— *Oh, je peux faire mieux ! Connais-tu ce proverbe kurde : «* Que ton baiser ait l'ardeur du soleil et la rose te donnera tout son parfum *» !*

— *C'est beau...*

— *Ma rose...*

Au fond l'amour ne se décrète pas. Il se vit à fond, car la vie est trop courte pour passer à côté et nos deux amoureux l'ont bien compris...

Une longue attente…

Samedi matin, 8 heures, tout le monde est au travail.

Le capitaine décide d'interroger le pilote de la moto bleue, toujours en garde à vue et il envoie Sam et Juliette interroger l'autre pilote sur son lit d'hôpital. Il espère qu'il va confirmer tout ce que Chantal lui a dit et qui pour l'heure est irrecevable devant un tribunal.

Achard fait extraire le jeune délinquant de sa cellule. Pendant ce temps, Démétrios a mis en marche le caméscope qui filme tous les interrogatoires. Non seulement, c'est obligatoire et pas que pour les mineurs, mais c'est une garantie pour les policiers afin d'éviter les entourloupes. Le détenu qui se fracasse la tête sur la table, et qui clame ensuite que le flic l'a frappé, fut un fait courant en son temps. La caméra, ainsi qu'un ou deux témoins restés derrière la vitre teintée, évite tout cela. Achard y tient absolument, surtout avec les gamins de banlieue. Le jeune est mal réveillé. Le petit-déjeuner servi à la brigade criminelle n'est pas de premier choix ! Le gosse est bougon, mais il commence à avoir la trouille au ventre. Achard reprend l'interrogatoire, comme seuls les flics savent le faire. Démétrios reste debout derrière lui.

— *Nom, prénom, date de naissance, lieu de naissance…*

Tu vis de quoi en ce moment ? Il t'en faut du fric pour acheter ton bolide… Tu vis avec ta mère ? Que fait ton père ? Le capitaine multiplie les questions auxquelles le prévenu ne peut répondre tant le rythme est élevé. *Et ton copain qui a tiré sur le passager de la moto, qui est-il et où est-il ?*

Le jeune homme, jusque-là enfermé dans un mutisme, éclate littéralement lorsque le policier parle de son copain.

— *Comment ce n'est pas ton copain ? Si tu ne dis rien, tu vas plonger pour complicité de meurtre. Vous avez tué un type et en plus un officier de police étranger...*

— *Mais on n'a jamais voulu buter ce mec.*

— *Çà, c'est toi qui le dis. Je veux bien te croire, mais il faut m'en lâcher plus...* Le capitaine sent que sa proie est mûre. Il va se déballonner.

— *J'ai déjà tout dit à l'autre pétasse...*

— *Qué pétasse ? Parle comme il faut d'un officier de police, ou ton cas va s'aggraver. La « bouffaïsse » me monte et çà, ce n'est pas bon pour toi.*

Puis retrouvant un peu de calme, le capitaine poursuit. Le policier, qui est avec lui dans la salle, sourit. *Allez, je t'écoute. Recommence au début, que ce soit bien clair pour tout le monde...*

Le jeune malfrat est épuisé, après une journée dans sa cellule avec un premier interrogatoire et une nuit sans dormir ou presque, avec rien ou presque dans le ventre. Il se décide à parler.

— *On n'est pas des assassins... On ne voulait pas tuer ce mec, on ne le connaît même pas.*

— *Alors pourquoi vous l'avez fumé ?*

— *Mais c'est pas lui qu'on voulait fumer. On voulait juste foutre la trouille à Zak...*

— *Ah nous y voilà retour à Zak... Qui est-ce ?*

Marco et moi...

— *Qui est ce Marco ? Ton copain ?*

— *Non, ce n'est pas mon copain. C'est un type du bâtiment C de la cité. Moi j'habite dans le A et je le connais à peine. Ce type, Marco, a été envoyé par le chef du réseau. Il voulait qu'on intimide Zak ? Qu'on lui fiche la trouille, car il lui doit du pognon.*

— *Donc toi, tu as une moto rapide, payée avec l'argent de la drogue et tu charges le dénommé Marco, muni de son flingue, pour faire peur à Zak, histoire de lui faire comprendre qu'il doit payer. J'ai tout juste ?*

Il me faut, et vite, le nom complet de ton Marco, son adresse et son pedigree… Le jeune lâche son nom et le numéro de la montée d'escalier, en jurant que le mec va le buter. Achard envoie immédiatement les deux majors quérir ce triste individu. Puis il revient dans la salle d'interrogatoire et demande au jeune de poursuivre son récit.

— *Qui est ce Zak ?*

Zak est donc un jeune dealer qui vend beaucoup dans la cité. Il réside à l'Ariane. Mais il a des clients en plusieurs endroits. Il deale pour un plus gros que lui, qui lui-même dépend d'un type, qui dépend de… C'est cela un réseau de la drogue. Cela explique que le plus souvent la police ne coupe que les rameaux et les réseaux se reconstituent ailleurs et souvent assez vite. Le capitaine apprend que Zacharie Boldoni travaille à l'aéroport de Cannes-la-Bocca, où il est, dirait-on, bagagiste. Il trie et range les colis qui arrivent à l'aéroport. Mais il charge et décharge également les bagages. C'est pratique pour la drogue. Fernand apprend encore qu'il a cassé sa bécane et que, depuis une semaine, il n'a plus de véhicule pour rentrer chez lui. Il a demandé à une connaissance de la cité de Ranguin de le ramener le soir chez lui. Le motard taxi est payé en barrettes…

Achard sort et téléphone à son chef. Celui-ci n'est pas encore arrivé. Cela lui arrive fréquemment le samedi matin. Au bout d'une demi-heure, un coup de téléphone de Mat apprend au chef de groupe que le procureur prolongera la garde à vue, tant que le complice n'a pas été arrêté. Le jeune délinquant est ramené en cellule. Achard appelle Gaston et lui demande de porter un sandwich au fromage et une bouteille d'eau au prévenu.

Dans l'open-space, Suzanne et Caroline travaillent assidûment à la rédaction du témoignage de l'agent de la DGSE.

— *Ah au fait, Caroline, vous ne nous avez pas dit ce qu'il était advenu du passeur de Paris.*

— *Vous ne me l'avez pas demandé, capitaine…*

Achard encaisse le coup. La jeune fille lui révèle que le corps du passeur, un Afghan, a été retrouvé le lendemain attaché à un anneau entre le bassin de la Villette et le quai de Valmy, pratiquement sous l'avenue Jean Jaurès. L'homme, plongé dans l'eau du canal, avait été auparavant étranglé à l'aide d'une corde métallique.

— *L'enquête continue et je n'en sais pas plus.*

« Plus cela avance, plus cela se complique », se dit Achard. On nage dans l'espionnage, les trafics de diamants et d'or, le terrorisme, l'intégrisme… Puis tout à coup se ressaisissant, il dit tout haut :

— *Nous, on a un assassin à retrouver. Remue-toi, Achard !*

Il se rend dans la salle des gardiens de la paix. Il demande si quelqu'un a des nouvelles de la rue Pertinax. Niet, pas de nouvelles du sieur Eskandar Mazyar-Babaheh. Personne de suspect ne s'est présenté à l'appartement.

Il replonge dans le dossier. C'est ce qu'il aime le moins. Lui est un homme de terrain, la paperasse ce n'est pas son fort ; il laisse cela à Suzanne. Il demande à Démétrios de torturer son ordinateur à la recherche de renseignements sur Eskandar, sur Boldoni et tous les autres protagonistes de cette affaire.

— *Et n'oublie pas les fadettes…*

— *C'est fait capitaine, j'ai contacté l'opérateur.*

Achard veut tout savoir sur leur compte en banque, leur vie sexuelle ou leurs amitiés, etc. Bref, la routine. Pendant ce temps, il traverse le bâtiment et se rend chez les Stups. Les relations ne sont pas faciles, mais il espère trouver un ancien pote qui pourrait peut-être lui donner un coup de main. Dans un long couloir sombre, il croise la Couleuvre. Ce dernier est tout surpris de rencontrer son ancien coéquipier.

— *Tu travailles le samedi maintenant ?* questionne Fernand, l'air moqueur.

— *Tu rigoles, je suis venu chercher ces foutus papiers pour prolonger un arrêt maladie,* répond-il, l'air narquois, en montrant une liasse de formulaires.

— *Qu'est-ce que tu as ? T'as pas le SIDA au moins…*

— Déconnes pas, je sors couvert. En ce moment je sors avec une petite Brésilienne...

— T'es sûr que c'est une femme au moins.

— T'es toujours aussi con, Fernand... Mais Fernand est déjà loin vers les bureaux des Stups. Il y rencontre un ancien camarade de promo, qui lui promet de rechercher les maigres renseignements, qu'il pourrait trouver sur la cité en question. Achard promet de lui refiler le bébé, quand il en aura terminé.

Sur le coup de 11 heures, Sam et Juliette débarquent. Le pilote de la moto agressée est sorti de l'hôpital et les deux policiers ont dû se rendre dans la cité, dans l'immeuble où habite le jeune homme.

Sam explique que le gars est au chômage et qu'il fait le mototaxi au black pour vivre. Il était devant l'aéroport, le soir de l'agression, car il attendait Zak, comme prévu. Mais celui-ci l'a prévenu qu'il serait en retard et cet homme s'est présenté avec sa petite valise. Le motard a pensé qu'il avait le temps de le conduire au Commissariat de police et de retourner chercher Zak.

— Et le gars a ajouté qu'une femme était venue le voir et lui avait pris son téléphone portable.

— Ouais, je sais..., répond le capitaine en ouvrant le tiroir supérieur de son bureau. *Voilà le téléphone. Faites-le analyser par la scientifique. Il doit nous confirmer les déplacements du motard.*

— Et bin, patron...

— C'est la légiste qui est allée à l'hosto, à ma demande, attendu qu'on avait pas mal de travail ici. Vous me faites appréhender le type par le commissariat de La Bocca, avec comme chef d'accusation, travail au black, trafic de drogue, etc., etc. Ils trouveront bien encore d'autres chefs.

Il faut absolument trouver le tireur, l'arme du crime... Où sont les deux majors que j'ai envoyés chercher le tireur ?

Suzanne répond qu'ils sont revenus bredouilles. Le type n'est pas chez lui...

— Ça, c'est sûr, il n'allait pas nous attendre gentiment...

Caroline et Suzanne ont arrêté de travailler, Démétrios ferme son ordinateur. Tout le groupe est aux aguets de ce que va dire le chef de groupe. En principe, les anciens savent et leurs prémonitions s'avèrent exactes. Le samedi matin, c'est souvent le moment des mises au point sur les enquêtes en cours.

— *Un point rapide,* commence l'officier *: l'agression contre la moto n'a rien à voir avec le meurtre de notre Jordanien. On refilera le bébé aux Stups et au commissariat de La Bocca, le moment venu. Par contre, il faut trouver cet après-midi le tireur et l'arme du crime. Sam et Juju, vous vous y collez. D'autre part, il nous faut garder un œil sur les Broussailles. Je m'en occupe. Je veux interroger cet officier de police jordanien, quand il se réveillera. Lui n'a rien à voir avec l'agression, mais tout avec le meurtre de son compatriote jordanien. Du côté de son assassin, il faut espérer que celui-ci refera surface dans l'appartement de la rue Pertinax. Il nous reste à attendre. Téléphone portable à portée des oreilles tout le week-end. Sam et Juju, dès que vous avez repéré le tireur, vous m'appelez.*

Maintenant tournée générale Chez Emile, c'est moi qui régale.

Au moment où tout le monde sort du bureau, le commissaire, passant dans le couloir, demande au capitaine de venir dans son bureau.

Achard s'adresse à sa troupe qui part dans l'interminable couloir borgne, à l'éclairage chancelant, en se retournant : *allez-y sans moi, j'arrive...*

Dans le bureau du commissaire, grand patron de la Crim, on va parler cuisine. Mat débute ainsi la conversation :

— *J'ai vu que vous aviez mis votre maison en vente ? Vous êtes donc divorcé ou c'est tout comme...*

— *Monsieur le commissaire, le divorce a été prononcé voilà trois semaines. Ma femme a quitté la maison ; elle vit avec son prof. Alors oui, j'ai mis ma maison en vente dans une agence niçoise. Mais je me suis gardé la possibilité de la vendre moi-même.*

— Je connais un peu cette maison et mon fils qui cherche à s'installer à Nice serait intéressé. Il ne l'a vue que de l'extérieur, mais le quartier lui plaît, enfin c'est surtout son épouse qui est emballée.

Le capitaine continue sur la même veine, se disant que de tels rapports avec son chef ne peuvent qu'améliorer sa situation, déjà très favorable.

— Ah, votre fils s'installe à Nice ?

— Oui, il a été nommé au barreau de Nice. Il revient au soleil après Nanterre ! Mais revenons à votre maison. Mon fils aimerait la visiter et discuter du prix avec vous…

— Cet après-midi, je dois y descendre pour déménager encore quelques meubles et bouquins…

— C'est vrai que vous n'y habitez plus.

— Disons 16 heures 30, coupe le capitaine. *Si cela vous convient, téléphonez-moi sur mon portable, au moment du repas pour confirmer.*

— C'est d'accord. À cet après-midi, en principe et mes hommages à madame la légiste !

— Bon week-end, monsieur le commissaire…

Achard rumine dans le couloir. « Comment a-t-il appris pour Chantal et moi ? » Achard se doutait que son supérieur subodorait quelque chose. Mais il ne pensait pas que Mat avait tout compris. « Et qu'est-ce que cela peut lui faire ? Ce n'est pas ses oignons. Et son fils nommé au barreau de Nice, le proc Mathusier a dû activer les manettes… ». Tout en se parlant à lui-même, Achard parvient à sa voiture de fonction. Pressé, il actionne la sirène et le gyrophare bleu. Au bout de quelques minutes, il se gare à cheval sur le trottoir devant le bistrot d'Akim. Il est chafouin. Mais il se dit que la vente au fils du commissaire ne serait peut-être pas une si mauvaise affaire. Plus vite il sera débarrassé de cette baraque, mieux il se portera…

Toute l'équipe est installée autour d'une table en bois recouvert d'une nappe à carreaux. Les demis tiennent le haut du pavé. C'est Juliette qui appelle son patron et lui présente son demi de bière. Elle est encore fraîche.

Sam se hasarde :

— Qu'est-ce qu'il te voulait le commissaire ?

— Rien à voir avec l'enquête. Histoire de maison… Vous avez tous bien bossé cette semaine. Il ne nous reste plus qu'à attendre la venue de l'Iranien pour, j'espère, clore cette affaire.

Après une demi-heure passée à refaire le monde et à attendre midi, les flics rentrent chez eux. Avant de sortir, Achard a répété à tous : « téléphone rivé aux oreilles ! ». Il sort le dernier, après avoir fait ses civilités à la tenancière. C'est alors qu'il découvre que Démétrios et Juliette, partant par la rue Lépante, en sont plus qu'aux préliminaires. Il se dit qu'ils n'ont pas perdu de temps ces deux-là ; les jeunes sont toujours pressés de conclure.

À Gairaut, il retrouve son amour, son bonheur et sa joie de vivre. La maison est immense ; la terrasse est splendide et bien abritée du vent. Jérémy bosse à l'étage. Jeudi commence le baccalauréat avec l'épreuve de philo. Comme il dit, il s'est cassé le c… pour se hisser jusque-là, ce n'est pas pour se planter si près du but. Il exècre la philo, mais cela ne devrait pas trop lui porter préjudice dans la série scientifique. Il voit son avenir dans plein de directions et n'arrive pas à se décider. Il a, cependant, depuis 4 mois, pris des contacts avec la fac de droit. Fernand croit même avoir compris qu'il s'y est inscrit pour la rentrée prochaine, à défaut d'une autre direction. En tous cas les préinscriptions sont closes depuis fin mars.

Sous l'olivier géant et ancestral, Chantal a installé l'apéritif. Tous deux savourent un *Bandol*, ou un *Berne,* selon l'humeur du moment. Aujourd'hui, c'est un *Berne,* bouteille carrée ; toujours bien frais le rosé de Provence.

— Mat sait pour nous.

— Cela ne me surprend pas… Et ça t'inquiète ?

— Non pas du tout, je me demande seulement comment il a su…

— Il est flic, non ? Ne t'en fais pas. On est heureux et ce n'est pas lui qui bouleversera notre vie. On fait très bien le boulot pour lequel on est payé. Tant qu'il en est ainsi, il ne râlera pas… Et puis c'est un gentleman.

— Tu as raison. Je me demandais si je devais en parler à l'équipe. Mais je crois que non. C'est notre secret. Gardons le bien fort, rien que pour nous deux. Ah au fait, cet après-midi, on avait prévu d'aller à ma maison, récupérer quelques bricoles. Et bien figure toi que Mat m'a demandé de la faire visiter à son fils. Celui-ci vient d'être nommé au barreau de Nice...

— Beau travail de Mathusier !

— Je vois qu'on est deux à le penser. Il doit venir à 16 heures 30.

— Pas de problème on y sera. Et ce soir, on va dîner comme prévu à Saint-Michel...

— Va pour l'auberge de l'Aire Saint-Michel. Tu adores cette auberge de ton enfance.

Vers 15 heures 30, Fernand et Chantal descendent en ville. Le jardin de la maison de Fernand commence à être envahi par les herbes folles. Les oliviers sont couverts de rameaux secs. Un cyprès jaunit et semble accuser la sécheresse qui sévit depuis trois mois. Mais Fernand s'en fiche. L'habit ne fait pas le moine. Le garage est vide, comme tout le sous-sol. Le peu d'outillage que Fernand y entreposait est parti à Gairaut. Des meubles sont également partis chez son fils Philippe, accompagnant l'antique tondeuse à gazon. La salle à manger a été vendue à Suzanne pour un prix à faire pâlir Ikea. La chambre à coucher de Fernand est partie chez la belle-sœur. Tout l'étage occupé auparavant pas l'épouse de Fernand est vide. Il n'y reste que les radiateurs, l'évier de la cuisine, la cuvette des WC et le lavabo. Au rez-de-jardin, dans la partie occupée par le capitaine, il ne reste que la cuisine intégrée qui sera vendue avec la maison, ainsi que quelques chaises et une commode que Fernand et Chantal chargent dans le break. Chantal va embarquer la commode pour son bureau de l'Institut médico-légal. Une chaise ira compléter le bataillon de l'open-space de la Crim, les deux autres iront dans une remise de Gairaut. Les livres, entassés dans des cartons, vont prendre aussi le chemin de Gairaut. Bref, le vide progresse, lorsque la sonnette du jardin retentit.

L'avocat au barreau de Nice, fraîchement nommé, est là planté devant le portail vert, avec son épouse. Derrière eux trônent Mat et sa femme ! Tous viennent pour visiter la maison. Visiblement l'épouse du maître en plaidoiries est très emballée par le quartier.

— *Quand mes parents ont construit cette maison, avant la guerre,* explique Fernand, *elle était située au milieu des vignes et des serres de fleurs. Aujourd'hui... C'est une autre histoire.*

— *Ces terrasses sont une pure merveille... Et puis la vue...* s'exclame l'avocate en second.

— *Certes, et le quartier est tranquille. Pas de problèmes de voisinage. On n'a jamais entendu parler de quoi que ce soit par ici,* prolonge le commissaire.

Son fils et Fernand s'éloignent quelque peu afin de discuter le bout du gras du prix. Le jeune homme semble satisfait. Il confirme qu'il va en parler à son épouse, mais cette dernière est déjà conquise.

— *Je vais étudier la situation avec la banque et je vous tiens au courant.*

— *Ne tardez pas trop, car la maison est dans une agence et on ne sait jamais...*

Il est 17 heures passées de 20 minutes et Mat propose que tous aillent prendre une collation à la terrasse du bar situé en contrebas. Fernand et Chantal acceptent. Tandis que tous descendent à pied vers le bar, Mat, resté avec Fernand, qui ferme toutes les portes de sa maison, ne peut s'empêcher de faire une remarque.

— *Vous voyez Achard, depuis que vous avez divorcé et que vous vivez avec notre légiste bien-aimée, vous êtes très épanoui et beaucoup plus efficace dans votre travail.*

— *Oh vous savez commissaire, dans la vie, on connaît des hauts et des bas. J'ai, c'est vrai, l'esprit plus libre aujourd'hui. Disons que grâce à Chantal et aussi à ma nomination comme chef de groupe, je vis, c'est vrai, nettement mieux. Et je suis débarrassé de la Couleuvre !*

— *L'amour Achard, l'amour, toujours l'amour...*

Le commissaire et sa famille partis, Fernand et Chantal remontent à la maison. Il reste encore quelques bouquins à charger. Sur le chemin du retour, Chantal se blottit contre son homme et lui propose une balade du côté de la Madone d'Utelle pour le lendemain. Elle connaît dans le secteur de magnifiques promenades à pied. Fernand décline, car il doit rester à proximité de la rue maudite.

Vers 18 heures 30, un coup de téléphone de Sam lui apprend que le tireur a disparu. Le capitaine lui demande de lancer un mandat d'arrêt et de mettre tous les commissariats et la gendarmerie dans le coup.

La journée se termine à l'Auberge. Et le téléphone qui ne sonne toujours pas. D'un côté, Fernand est ravi que le grelot ne le dérange pas et d'un autre, il aimerait entendre une voix lui dire que l'oiseau est rentré au nid.

Dimanche, grasse matinée amoureuse. Un petit-déjeuner au soleil déjà haut dans le ciel, pris sous l'olivier millénaire, sert de repas de midi ! Dans l'après-midi, les deux amoureux descendent en ville. Ils adorent se promener sur la Promenade des Anglais. Ils ne se lassent jamais de la « Prom ». D'ailleurs qui se lasse de la « Prom » n'est pas niçois !

Jérémy est resté seul à la villa à travailler son bac. Vers 19 heures, alors que Fernand se prélasse sur la terrasse, la sonnerie de son portable retentit : un homme murmure à voix basse. Il se présente Major Serond, chargé du dispositif de surveillance rue Pertinax. Il informe le capitaine que la personne attendue est rentrée chez elle, avec une femme.

— *Que fait-on capitaine ?*

— *Rien pour le moment. Continuez de boucler discrètement le secteur. Placez un homme dans l'escalier, à l'étage supérieur, et prévenez-moi si ça bouge. On tapera demain matin à 6 heures.*

Achard informe illico le commissaire Mat. Celui-ci lui confirme l'assaut pour le lendemain 6 heures. Il confirme également qu'il a depuis la veille sur son bureau l'autorisation de perquisition signée du procureur, ainsi que les mandats. Tout est clean. Le capitaine informe par SMS toute son équipe : rendez-vous à la boîte à 5 heures 30.

La veille d'une opération d'envergure, le capitaine aime bien se détendre avec de la musique et tout particulièrement Wangelis. La soirée s'annonce douce. Casque sur les oreilles, le capitaine court derrière les chariots de feu, tandis que Chantal lit « *Est si c'était vrai* » de Marc Lévy ; un ancien livre qu'une copine lui a conseillé pour découvrir cet auteur, que Chantal méconnaît totalement. Fernand n'entend pas le téléphone, il est 21 heures et quelques minutes. Le téléphone sonne à nouveau. Chantal secoue son chéri.

— *Ici c'est Serond, capitaine. La femme vient de sortir en pantoufles. Elle a jeté un sac d'ordures dans la poubelle de la boucherie voisine.*

— *Récupérez ce sac et gardez-le jusqu'à demain matin... Merci et bonne nuit.*

— *Je suis relevé avec mes gars à 22 heures. C'est la Bulle qui me remplace...*

— *La Bulle ?*

— *Oui, Jean Louis Perrier, capitaine...*

— *Passez-lui les consignes. Et quelle que soit l'heure !* Puis Fernand se dit « Perrier, la Bulle », humour de flics, niveau rez-de-chaussée.

Incroyable découverte

Lundi matin, il fait jour depuis longtemps. Le quartier est calme. Le lundi, nombreux sont les commerces qui restent clos et cela arrange bien la police. Les rues sont bouclées. Dans la cour arrière, trois flics attendent un éventuel fuyard. Mat s'installe dans une voiture garée sur le trottoir d'en face. Tout est en place.

À 6 heures pile, le capitaine frappe à la porte d'Eskandar Mazyar-Babaheh. Personne ne bouge. Achard sait être patient. Il réitère sa demande :

— Police nationale ouvrez, ou nous enfonçons la porte.

À l'intérieur une voix se manifeste. Visiblement le type est endormi. La porte s'ouvre.

Immédiatement, avant qu'il ait compris quoi que ce soit, l'homme est menotté « *Monsieur Eskandar Mazyar-Babaheh, vous êtes en état d'arrestation. Veuillez nous suivre !* ». La femme, sortie violemment de son lit, gueule comme un goret qu'on égorge. Les deux occupants, une fois vêtus, sont descendus dans la rue et enfournés dans un fourgon, selon l'expression de Sam. Pendant ce temps, dans un appartement à l'odeur pestilentielle, la scientifique entre en lice. Les agents doivent passer l'appartement au peigne fin, dans une odeur de piments très prononcée, de raz el hanout et de curry mélangés. Achard récupère auprès du major Perrier, le sac poubelle sorti la veille. Il le donne à un homme de la scientifique en lui demandant d'en faire une étude approfondie. La rue et le carrefour restent bouclés encore une heure durant. Puis le calme revient dans le quartier, sauf au bistrot, où l'on commente les arrestations. Un homme, qui a tout vu et qui sait tout, explique à qui veut l'entendre que 4 personnes ont été arrêtées ! Un autre lui « gueule dessus », autre expression de Sam, car ils ont été trois à être arrêtés ! Brèves de comptoir… La vie quotidienne en somme…

Avant de partir, le capitaine demande à ses deux majors de faire une enquête de quartier.

— Porte à porte les gars, vous me récupérez tout ce que vous pouvez sur nos clients. Je veux tout savoir…

Au commissariat, l'iranien est amené en salle d'interrogatoire. Il refuse de parler avec la police, explique-t-il dans un mauvais anglais. Il ne comprend pas le français et il veut, semble-t-il, un avocat !

Mat est hors de lui. Il parle haut et fort pour exiger qu'on trouve immédiatement un interprète iranien. Mais on ne trouve personne rapidement.

Un policier plus futé que les autres, propose un traducteur arabe. Mat et Achard ont tout le mal du monde à lui faire comprendre que les Iraniens ne parlent pas l'arabe, mais le farsi ou le persan. Sam se risque à faire de l'humour : « *On va se farcir combien de temps à attendre un mec qui jacte le farci… On pourrait trouver quelqu'un qui sait faire les farcis !* » Il essuie un bide total.

Pendant ce temps le capitaine a pris place en face du prévenu. Il lui parle calmement, en français bien sûr.

— Je sais que vous comprenez notre langue. Je vous écoute en tant que témoin dans une affaire de meurtre. Vous travaillez bien, depuis 6 ans au comptoir de la compagnie aérienne Iranair ? Avant, vous étiez en poste à Bordeaux et à Roissy ? Vous voyez, je sais beaucoup de choses sur vous. Vous ne parlez pas que le farsi avec les clients, pas même que l'anglais ? Donc, écoutez-moi bien. Je vais vous dire ce que je sais…

— Avocat, avocat…

— Pour le moment, vous êtes interrogé dans une affaire de terrorisme. On va contacter votre avocat qui pourra intervenir quand le Procureur le jugera. Vous avez un avocat ?

— Avocat, avocat...

— Ne faites pas l'imbécile, n'aggravez pas votre cas. On va demander au bâtonnier de vous envoyer un avocat. En attendant, écoutez-moi bien.

L'avocat signifie pour vous la garde à vue.

Un homme a été assassiné dans la brasserie Lounge, près de la gare. Il s'agissait d'un citoyen jordanien. L'homme qui l'a rencontré mardi dernier vers midi a été suivi par les caméras de la ville et nous l'avons ainsi vu entrer dans votre immeuble. Toutes les investigations nous ont menés à votre appartement, monsieur Eskandar. Je veux savoir où est cet homme.

À ce moment, l'iranien crache violemment par terre. Achard est subjugué, mais il a la preuve que son client comprend le français.

— Je veux un avocat.

— Ah ! je vois donc que vous comprenez bien le français. C'est parfait. Écoutez-moi bien. Je n'ai pas l'habitude de répéter plusieurs fois la même chose...

Derrière la vitre teintée, le commissaire observe, lorsqu'arrive le procureur. Ce dernier demande s'il a avoué. Mat répond que l'interrogatoire ne fait que commencer et le capitaine connaît parfaitement son métier.

— De toute façon, pas de problème pour la garde à vue, 96 heures si besoin est. Mais il faut qu'on trouve vite un interprète... Je vais nommer un juge d'instruction rapidement.

— Et un avocat

— Et un avocat. Je m'en occupe.

Le commissaire regarde à nouveau vers la salle d'interrogatoire. Sam est resté debout derrière le prévenu, créant ainsi une sorte d'insécurité.

Le capitaine veut savoir pourquoi l'empoisonneur du Jordanien est allé chez lui, en sortant de la brasserie. Il veut également savoir où se trouve cet individu et comment il s'appelle. Il attend la confirmation du nom que lui a communiqué la belle Caroline. Cette dernière a par contre confirmé qu'elle n'avait jamais vu le type assis dans la salle d'interrogatoires. Ni à Paris, ni à la brasserie *Loundge,* ni à l'hôtel *Méditerranéo*. Ce type est inconnu. Une photo a été envoyée à Interpol et à Europol ainsi qu'à la DGSE. On en attend des résultats encourageants.

Le capitaine Achard, après avoir fait semblant de consulter un dossier, reprend l'interrogatoire. Il se fait mielleux.

— *Monsieur Eskandar, nous savons beaucoup de choses sur vous. Nous avons à peu près reconstitué votre vie dans notre cité de Nice. Je sais que votre femme ne travaille pas et qu'elle a récemment avorté, que vous travaillez à plein temps à l'aéroport et que vous sortez rarement de chez vous. En ce moment, les hommes de la scientifique s'occupent de votre appartement et croyez-moi s'il y a quelque chose à trouver, ils trouveront et je suis sûr qu'il y a quelque chose chez vous qui va vous envoyer en prison ; de la drogue peut-être...*

— *Je ne touche pas à cette saleté, ma femme non plus...*

— *Alors, dites-moi, pourquoi l'homme que nous recherchons depuis cinq jours est allé vous voir ?*

— *Trouvez-moi un avocat et je vous dirais ce que je sais...*

— *Je vais voir ce que je peux faire,* répond Achard en s'apprêtant à sortir. Quelqu'un frappe à la porte et entre. Juju parle confidemment à l'oreille du capitaine. Les policiers sortent. Eskandar est inquiet, lorsque deux brigadiers entrent pour le surveiller.

Dans le bureau du capitaine, en présence de Mat et du procureur, Juju explique les premières conclusions que la scientifique vient de faire parvenir.

— *Ils ont fait vite.*

— *Ils continuent à travailler, mais nous avons les résultats du sac d'ordures. Il y avait des ordures ménagères classiques sans intérêt, mais il y avait surtout trois petits flacons de L52 !*

— *De L52 ? Ils n'ont pas la crève que je sache.*

— *Ce qui est important patron, c'est l'analyse des flacons. Pas de L52 dedans, mais un joyeux mélange de barbituriques, arsenic et un soupçon de curare dans deux d'entre eux...*

Dans un troisième, le labo a trouvé le même produit qui a empoisonné le Jordanien. Et sur le flacon, ils ont relevé les empreintes de son assassin.

— Donc, le type aurait apporté le flacon de L52 vide à Eskandar ? Il empoisonne Hadé et apporte la preuve à Eskandar... Il l'a vraiment pris pour son contact en France...

— Pour le reste, leur bagnole a été amenée à Auvar pour y être étudiée de près. Il n'y a pas de GPS. Un gars, que j'ai eu au téléphone, m'a dit qu'ils faisaient plein de relevés d'empreintes et que quatre personnes au moins sont passées dans l'appartement.

— Eh bien, cela avance prodigieusement, mais cela ne nous dit pas où est notre empoisonneur. Ah, monsieur le Procureur, il faut nous trouver un avocat, il n'en a pas et il en réclame un. J'aimerais en avoir un sous la main, ainsi qu'un traducteur pour respecter toute la procédure, article 63, monsieur le Procureur...

Le procureur, ravi de tant de sollicitude, promet de s'occuper très rapidement de cette demande. Mat questionne le capitaine au sujet du L52. Celui-ci lui répond qu'il s'agit d'un médicament homéopathique contre la grippe. Il ajoute que le gardien de nuit de l'hôtel *Méditerranéo* en consomme. Et Achard ne croit pas aux coïncidences.

Mat retourne avec le proc à son bureau. L'homme de loi met une nouvelle fois la pression sur le policier pour dénouer cette affaire au plus vite. Cette histoire empoisonne toute la Côte d'Azur et le préfet n'aime pas cela, pas plus que le directeur de la sûreté publique.

Le capitaine est resté seul avec Sam et Juliette.

— Ah j'oubliais patron, il y a un cinquième flacon de L52...

— Et alors ?

— C'est bien du médicament...

— Demandez à la scientifique qu'on nous envoie au plus vite les relevés d'empreintes. Dites-leur aussi que j'aimerai connaître le parcours de nos clients ces cinq derniers jours.

Dans le portefeuille d'Eskandar, on a trouvé une carte bleue, Juju, tu la traces... Démétrios, tu t'occupes des deux téléphones Mazyar...

Les fadettes, Démétrios, les fadettes... Je veux tout savoir de ces gens-là, lui comme elle.

Achard espère qu'en plus des époux, on pourra identifier les propriétaires des deux autres empreintes. Il pense sérieusement que le prévenu a aidé l'empoisonneur à fuir la région. C'est pourquoi il appelle Caroline. Il lui faut tous les renseignements sur ce qui s'est passé à Paris. Cette dernière lui confirme que le rapport est arrivé sur le bureau du commissaire.

Caroline ajoute qu'elle a des nouvelles supplémentaires par son lieutenant-colonel. Le cadavre retrouvé dans le canal a été drogué avant d'être noyé. Ce sont des méthodes que nous connaissons bien. Elle demande à esquisser un scénario.

— *Allez-y, on vous écoute, c'est votre monde pas tellement le nôtre...*

— *Je pense que le Jihad avait démasqué Hadé et qu'il a ainsi cherché à l'éliminer. Mais pouvait-il laisser en vie tous les intermédiaires ? Non et ils ont ainsi éliminé le passeur et le second bijoutier de la place Vendôme qui n'était pas plus bijoutier que je suis charcutière ! Mais cela ne nous livre pas Meunier, même si je pense fortement que c'est le Jihad qui lui a donné l'ordre d'éliminer Hadé. Plus j'y repense, plus je me souviens de cette phrase qu'il m'a dite lorsque je l'ai trouvé à Roissy. « Je suis suivi ».*

— *Oui, tout cela se tient. D'autant plus que la fusillade contre le policier n'a rien à voir avec cela. C'est un dégât collatéral... Ah fait, on a des nouvelles de lui ?*

— *Je vais voir*, dit Juliette.

— *Caroline vous venez avec moi, on retourne voir Eskandar... Il faut qu'il craque.*

Dans la salle d'interrogatoire, les policiers remplacent les deux agents, venus là en surveillance. Achard s'assoit très simplement, tandis que Caroline se montre très théâtrale. Que va penser le bonhomme si une femme l'interroge ? Surtout que Caroline est une très belle femme. De la provocation... Le capitaine amorce le dialogue. Il informe le prévenu que le Procureur de la République est à la cherche d'un avocat, parlant le farsi…

— Mais je n'ai pas besoin d'un avocat parlant ma langue. Vous savez que je comprends un peu le français.

— Écoutez monsieur Eskandar, on est en France et il y a des lois, notamment celles qui règlent toutes nos procédures. L'article 63 de procédure du Code pénal m'oblige à un interprète. Je suis tenu de les respecter et je les respecterai jusqu'au bout. On va donc vous trouver un avocat et un traducteur.

Je vous signifie, dès ce moment, votre mise en garde à vue.

Mais dites-moi pourquoi l'homme qui est sorti de la brasserie est venu chez vous ? On sait qu'il a empoisonné un ressortissant jordanien.

L'homme hésite longuement. Achard ne bronche pas. Il sent que sa proie va céder et lui faire des révélations. Il lui redit doucement, comme en confidence qu'on se charge de trouver un bon avocat, le meilleur du comté.

Finalement Eskandar Mazyar-Babaheh se décide à parler. Il commence sa confession sur le ton de la confidence, comme pour s'excuser. Il explique ainsi à Fernand Achard que Dieu lui a parlé de nombreuses fois.

« P… Jeanne d'Arc », se dit Fernand. Eskandar insiste, car Dieu lui a commandé, comme à tant d'autres, d'éradiquer les mauvais musulmans. L'islam est une religion d'amour et de paix et Dieu ne veut pas parmi des croyants des hommes ou des femmes, qui manient des explosifs, des armes ou qui tuent inutilement. D'autres avant lui ont entendu cet appel divin, venu des voix profondes de l'Islam, sortis des sables du Kuhistan. Il est chiite, vénère l'ayatollah Khomeiny. Il a parmi les sunnites d'excellents amis, mais il pense que certains sunnites galvaudent et défigurent la pensée divine et qu'ainsi ils font du tort à sa religion. Il défendra sa religion de toute son âme et durant toute sa vie. C'est pour cela qu'il a accepté de travailler avec les jihadistes, pour les connaître de l'intérieur et mieux les combattre. Eskandar affirme faire partie d'un groupe d'hommes et de femmes d'Iran, qui veulent défendre leur religion et qui n'hésitent pas pour cela à éliminer les jihadistes.

Lorsque le capitaine et Caroline entendent cela, les bras leur en tombent.

— *Expliquez-vous plus clairement, on ne comprend rien à votre charabia.*

— *Notre groupe est un vaste mouvement clandestin qui s'étend dans tout le Moyen-Orient et en occident, où nous prenons de plus en plus pied. Notre but est d'éliminer les jihadistes.*

— *Mais ce n'est pas vous qui avez tué Hadé...*

— *Non, ce sont les jihadistes. On nous avait demandé de suivre Hadé le Jordanien, depuis 5 mois. On devait l'éliminer à son retour en France. Il y a trois mois environ, on s'est aperçus que les jihadistes avaient saisi qu'il les trahissait. On a très vite compris aussi qu'ils allaient l'éliminer, et avec lui, toute la filière. On a observé, on a laissé faire. C'est ainsi que des jihadistes, venus probablement d'Irak et du Pakistan et que l'on ne connaissait pas, ont éliminé les passeurs qu'il rencontrait à Paris. Ils ont ainsi tué un receleur à Anvers. Renseignez-vous...*

— *Oui, c'est bien beau çà, mais qui a tué Hadé, monsieur Eskandar ?*

— *Il s'appelle Meunier, Philippe Meunier, mais pour les islamistes, il s'appelle Mokhtar ben Youssef. C'est un Français. On sait qu'il est allé à Rakka et à Mossoul, après être passé par le Pakistan. Il est revenu ici à Nice sur commande et il devait éliminer Hadé Nazzalhadj. Il l'a empoisonné...*

— *Mais cela ne me dit pas pourquoi, il est allé chez vous après avoir commis son forfait.*

— *Sur ordre, j'ai rencontré le Français, il y a six semaines, quand il est arrivé à Nice. Il avait déjà reçu l'ordre de tuer Hadé.*

— *Comment saviez-vous qu'il arrivait ?*

— *Les services de notre mouvement sont très efficaces. Je disais donc, quand je l'ai rencontré à la brasserie de la gare, je lui ai dit que j'étais son interlocuteur à Nice et que s'il avait un problème il devait me contacter. Et j'ai ajouté que lorsque son travail serait fini, il devait venir chez moi, à l'adresse que vous connaissez...*

— C'est donc comme cela qu'il s'est rendu chez vous... Et maintenant où est-il ?

— Je suis fatigué et vous ne m'avez pas trouvé d'avocat... Je ne dirai plus rien...

Le capitaine appelle à nouveau les deux brigadiers de police afin de ramener le prévenu dans sa cellule. Il lui faut désormais digérer toutes ces informations. Dans son bureau, avec tout le groupe et le commissaire Mat, il fait le point.

On démarre avec un type assassiné dans un palace et on se retrouve avec une affaire internationale sur fond de guerre de religion... Les flics de Nice sont un peu dépassés. Le procureur, mis au courant de cette nouvelle situation, réclame du biscuit pour faire un point presse en soirée. Tout à coup, le capitaine réalise qu'il est plus de 14 heures et que personne n'a déjeuné.

— Je suppose que vous tous avez un peu faim. On n'a pas vu passer l'heure. On peut dévorer un pan-bagnat et une bière Chez Emile si vous êtes d'accord. J'ai besoin de décompresser. Pas vous ?

Et c'est ainsi que tout le groupe se retrouve *Chez Emile*, pas très heureux d'avoir à faire des pans-bagnats pour tout ce beau monde, à une heure pareille. Mais il les aime bien ses poulets. Ce sont de bons clients.

— Finalement, ma chère Caroline, la situation est assez simple. Votre homme a été démasqué par ceux pour qui il était censé travailler. Ils ont compris qu'il les trahissait et ils ont décidé de l'éliminer. Quant à Eskandar et ses amis, ils flinguent les flingueurs.

— Dit comme cela c'est effectivement simple, se permet d'hasarder Sam, entre deux bouchées.

— Cela veut surtout dire que notre ami Eskandar a tué Meunier. Çà c'est notre problème, qu'il nous faut élucider. On va le laisser mijoter. On a tout notre temps.

— Et son avocat ? lance Juliette

— Je n'en sais rien c'est le procureur qui s'en occupe... Avant ce soir, on va étudier tous les indices recueillis chez les Iraniens. Juliette et Caroline vous interrogerez sa femme, la dénommée Fériel.

— Et qu'est-ce qu'on fait du guignol ? dit Sam interrogateur

— Quel guignol ?

— Bin le motard, il est toujours chez nous...

— Oh p..., je l'avais oublié celui-là. Je m'en occupe avec Mat. Mais on va l'envoyer à La Bocca. Tu fais des photocopies de tout le dossier de La Bocca, surtout tout ce qui tourne autour de la drogue et tu le portes à Jeannot aux Stups, de ma part. Achard renvoie toujours les ascenseurs.

Dès que vous avez cinq minutes, vous repartez à la chasse au Marco. Il faut qu'on le trouve très vite pour faire plaisir à l'attaché militaire jordanien.

De retour au commissariat, le capitaine se précipite dans le bureau de son patron, afin de clore la garde à vue du pilote de la moto. Mat lui confirme que le procureur a prolongé pour 96 heures, car il y a une affaire de terrorisme en cours. Pas de stress...

— On va l'envoyer à La Bocca... Il sera déféré ; on le garde sous la main en attendant de trouver le tireur

— OK et le policier jordanien ?

— J'attends des nouvelles d'un instant à l'autre...

— Prévenez-moi.

— Sûr patron.

— Mon fils vous a-t-il contacté pour la maison ?

— Pas encore, il doit voir la banque...

Pour le capitaine, les affaires s'organisent enfin comme il l'entend. Les malfrats de Ranguin sont pris en charge par le commissariat de La Bocca, les affaires de drogue sont aux stups, il peut se concentrer sur le sieur Meunier et le tireur.

En revenant à son bureau, il tombe sur un grand maigre, effilé, avec un pantalon qui, lui découvrant les chevilles, montrent des chaussettes dépareillées. Le type est assis devant sa porte dans cet interminable, sombre et borgne couloir. Quelle horreur ce boyau gris tellement le vert est sale ; couloir qui a dû être repeint au précambrien…

Il interroge le quidam qui lui répond tout de go qu'il attend le capitaine Achard. Le policier se présente et le grand maigre s'annonce pour être le traducteur. On l'a fait venir de la faculté d'Aix-en-Provence, où il donne des cours de persan. Le capitaine l'informe que le lendemain matin, il devra interroger un ressortissant iranien soupçonné de meurtre, qui parle assez bien le français.

— *Mais pour plus de précautions, et pour la loi, j'aimerais que vous traduisiez toutes mes questions. Nous attendons aussi un avocat. Nous avons commencé l'interrogatoire, mais demain matin à 9 heures nous entrerons dans le vif du sujet. Vous savez où dormir cette nuit ?*

— *Oui, je crois que tout a été réservé pour moi, par la secrétaire du procureur. Je dois en avoir confirmation dans le hall d'entrée.*

— *Parfait : à demain donc.*

Le grand maigre, long comme un jour sans pain, quitte le commissariat de police, tandis qu'un homme arpente le couloir, sortant du néant. Il passe devant Achard, qui salue le professeur sur le départ. Puis il revient en arrière. Au capitaine, qui lui demande pourquoi il hante ce couloir sordide, il répond qu'il est avocat et qu'il doit voir le capitaine Achard. Ce dernier est ravi, se présente et le fait entrer dans son bureau de verre.

— *Je ne vous ai jamais vu ici ?*

— *Non je viens d'arriver à Nice.*

— *Votre client se nomme Eskandar Mazyar-Babaheh…* annonce le capitaine l'air un peu désabusé, *et l'homme que vous venez de voir partir est le traducteur.*

Devant la moue du maître, le policier le questionne sur sa santé ! L'avocat le rassure, il est simplement surpris, on ne l'avait pas prévenu. Le capitaine lui fait un compte-rendu détaillé de la situation et l'invite à rendre visite à son client en cellule. Il ajoute que dès demain, il y aura un traducteur, mais que son client parle un peu le français. Il appelle un brigadier à qui il demande de conduire l'envoyé du barreau auprès de l'Iranien. Puis resté seul, il replonge dans ses papiers…

Sam, revenant des Stups, confirme les remerciements de Jeannot.

— *Tu transfères l'homme à la moto à La Bocca et ensuite tu vas aux Broussailles te renseigner sur notre flic d'Amman. Tu reviens à la maison pour un briefing avant l'intervention du proc.*

Le capitaine prépare un dossier simplifié, un mémo assez court, mais complet pour le procureur Mathusier. Au bout d'un moment, entrent Juju et Caroline. Elles en ont terminé avec la dénommée Fériel. De cet interrogatoire préliminaire, il ressort que cette dame est une maîtresse femme. Elle aide son mari, car elle fait elle aussi partie du cercle des initiés à qui Dieu a dit d'agir… Elle apparaît plus engagée que son mari, en tout cas plus violente contre les destructeurs du Livre saint, comme elles les baptisent.

— *Elle reste en garde à vue. Demain, à 9 heures, on interroge son mari avec interprète et avocat et après ce sera son tour, toujours avec le même tralala. Ces deux-là,* poursuit Achard en parlant du prof de persan et de l'avocat novice, *sortent d'ici et je les ai convoqués pour demain matin. Caroline, votre lieutenant-colonel sait-il que vous êtes toujours avec nous ?*

— *Bien sûr, mon capitaine ! Je lui téléphone tous les jours...* dit-elle en souriant.

Démétrios se rappelle au bon souvenir de son chef. Il a épluché les cartes bancaires des époux Mazyar et pense avoir trouvé quelque chose d'intéressant. Des transferts d'argent pas très clairs et une grosse rentrée quatre jours avant le meurtre d'Hadé. Achard lui demande de voir cela avec les filles…

— *À 17 heures, tout le monde ici pour le briefing journalier. Le procureur parle à la presse à 18 heures et je dois lui apporter du biscuit.*

L'état des lieux est relativement simple ce soir. Devant toute l'équipe réunie, sous le regard attentif de Mat, le capitaine expose la situation. Il faut faire cracher l'Iranien. Il a assassiné Meunier et il faut le confondre.

— *J'ai demandé à la scientifique de venir faire le point. Elle ne va pas tarder à se manifester.*

À ce moment, la porte s'ouvre sur un brigadier-chef. Sans crier gare, il annonce l'arrivée dans les locaux du tireur Marco, puis il referme la porte sans plus d'explications. Tout le monde se regarde. Mat est le premier à réagir.

— *Lieutenant Butlet, vous vous en chargez. Il doit avouer avant la nuit ! Et je veux savoir où est l'arme...*

— *Bien commissaire,* dit Sam, avant de sortir.

Le capitaine reprend le fil de ses explications. Il échafaude la théorie avancée par la lieutenante de la DGSE. Le commissaire semble satisfait.

— *Qu'en pensez-vous lieutenant ? Cela se tient ?*

— *Oui commissaire. Nous devons prouver qu'Eskandar Mazyar est l'assassin, en complicité avec sa femme et probablement d'une troisième personne qu'il nous faut trouver.*

— *Ce sera fait lors notre interrogatoire de demain matin 9 heures. Commissaire, si vous n'y voyez pas d'obstacle, nous allons nous remettre au travail...*

— *Pas vous Achard, je vous invite au point presse du procureur Mathusier.*

18 heures et quelques minutes, salle de conférence du Palais de Justice de Nice. Il y a là une vingtaine de journalistes et de cameramen. Certains journalistes s'apprêtent à prendre des notes, d'autres ont mis en marche leur ordinateur. Le procureur entre en compagnie du commissaire Makhlouf, chef de la Crim et du Directeur départemental de la Sécurité publique. Le capitaine prend place, le plus discrètement possible, au bout de la table, assis sur une fesse. Il est mal à l'aise. À vrai dire, il ne se sent pas du tout à sa place. Il ne se sentira jamais à sa place dans ce genre de circonstances. Il écoute le procureur Mathusier qui, après avoir salué la presse, commence son monologue :

— *Nous avons ce soir, après le sixième jour d'enquête, la confirmation que la victime du Palace Méditerranéo est bien de nationalité jordanienne. Il s'agit bien de Hadé Nazzalhadj, un homme d'affaires respectable. Il a été assassiné, à vrai dire empoisonné.*

Et je puis vous livrer le nom de l'homme que nous soupçonnons d'être à l'origine de cet empoisonnement ; il s'agit de Philippe Meunier, de nationalité française, né à Bordeaux il y a 31 ans. Nous le recherchons activement. J'ai demandé à la police et à la gendarmerie de travailler ensemble. Vous connaissez mon penchant pour cette collaboration. D'autre part, nous avons, dans les locaux de la brigade criminelle, en cours d'interrogatoire, un couple de ressortissants iraniens, dont vous avez pu suivre l'arrestation quasiment en direct ce matin. Ils semblent mêlés de près à la cavale de monsieur Meunier. Les investigations à leur domicile ainsi que leurs interrogatoires sont en cours. Je nommerai demain un juge d'instruction pour suivre cette affaire.

Il va de soi que monsieur Meunier, lorsqu'il sera arrêté, sera mis en examen pour assassinat.

Voilà, vous savez tout ce que j'avais à vous dire. J'espère vous retrouver rapidement pour le dénouement de cette affaire...

Des mains se lèvent dans la salle. Des journalistes veulent poser des questions. Mais le Procureur n'est pas d'humeur aux bavardages. Il ajoute qu'il n'y aura pas de questions. Il est encore trop tôt. Il faut attendre la fin de l'enquête. Achard est satisfait. Selon lui, moins le Proc en raconte, mieux cela vaut pour l'enquête.

Avant de rentrer à Gairaut, le capitaine passe par son bureau. Démétrios est heureux. Il peut expliquer ce qu'il a encore trouvé avec les téléphones des époux Mazyar. Il a fait le nécessaire auprès des opérateurs et les téléphones ont borné dans la haute vallée du Paillon.

— Leurs téléphones étaient en voyage dans la vallée dans la nuit de mardi à mercredi. Les téléphones sont restés sur place, à proximité du village de Lucéram, jusqu'à dimanche après-midi, 17 heures 30.

— Leur complice se planque là-haut. Je préviens Mat. Merci, Démétrios, tu as fait un super boulot. Essaye de trouver un maximum de communications téléphoniques.

Mat immédiatement informé, demande à son copain Bert, le commandant Berthier, de mettre en place un dispositif avec la gendarmerie de l'Escarène et la BR pour surveiller la vallée. Demain matin, opération sur le terrain avec un gros dispositif, quand Eskandar aura donné le nom de son complice.

Il est tard et Fernand rentre vers son havre de paix. Lorsqu'il arrive à la villa, Jérémy est dans sa chambre du second. Il bosse son bac, de plus en plus stressé. Fernand tente de le rassurer, mais il est inquiet. Fernand a beau lui dire qu'il sait qu'il aura une mention, qu'il a superbement bien travaillé cette année, que tout va bien se passer… rien n'y fait. C'est alors que Chantal arrive à son tour.

Les deux amoureux s'embrassent longuement. Fernand fait part du stress de Jérémy. Chantal sait, mais que peut-elle y faire, sinon rassurer son rejeton, elle qui est encore plus stressée que lui.

— *Et ta journée ?* ose Fernand en servant deux pur malt – une fois n'est pas coutume – sous l'olivier à la tête argentée des ancêtres.

— *Oh, j'ai passé ma journée avec un gamin de quinze ans. Une mort suspecte à l'hôpital Pasteur. Mais rien à redire… Toi par contre, tout Nice parle de toi. Et alors tu avances…*

— *Je pense que demain on va clore cette affaire. Je suis passé à la boucherie Saint-François en sortant et j'ai acheté de la pancetta, des sanguins préparés à la provençale et deux salades, une piémontaise et une autre de céleris rémoulade. Avec ça, il reste dans le frigo de quoi nous faire un festin ce soir. J'aime bien quand tu n'as pas de travail à faire pour cuisiner et qu'on a la soirée pour nous deux. L'heure d'été est un vrai régal et si jamais ceux qui savent tout décident supprimer le changement d'heure, j'espère qu'ils garderont l'heure d'été.*

Après le repas, les deux amants savourent, quelques instants, la douceur de ce mois de juin, allongés dans des transats de toile bleue.

Demain sera un autre jour… Fernand sait que la journée sera bien remplie.

Lucéram

Mardi matin, dès 8 heures, et même quelques instants avant, le capitaine est dans son bureau ; l'open-space est désert. Il met un point d'honneur à arriver avant ses hommes. Il peut ainsi seul, face à lui-même et aux monceaux de paperasse qui le minent, poursuivre ses réflexions nocturnes. Il réfléchit tout haut : « Donc, grâce à l'excellent travail du lieutenant Démétrios, on sait que les deux époux sont allés à Lucéram. Qu'est-ce qu'ils sont allés faire là-haut, sinon, faire évader Meunier, le faire passer en Italie ? Ou alors, ils l'ont trucidé et on en revient à un complice, un homme de préférence. À quoi a bien pu servir le poison du L52 ? Sinon à estourbir le bonhomme ? » Il est en pleine réflexion lorsque la porte s'ouvre.

Mat pointe son nez pour lui dire, en coup de vent :

— Le procureur a donné l'affaire au juge Jacques Triboulet. Téléphonez-lui...

— P... Triboulet !

— Quoi Triboulet ? C'est un juge d'instruction compétent et minutieux... répond Mat.

— Pointilleux et emmerdeur. De beaux jours en perspective.

— Rien à craindre Achard, vous avez fait du bon boulot.

— Merci commissaire...

La porte se referme et le capitaine n'en pense pas moins. Il a déjà travaillé plusieurs fois avec ce juge d'instruction. Il est tarabiscoté du cerveau et cherche en permanence la petite bête ; pire que les bœufs carottes.

Achard n'a pas le temps de ruminer que la porte s'ouvre à nouveau. Toute l'équipe est là. Il va pouvoir distribuer le travail. Il informe tout son monde rapidement que Démétrios est parvenu à pister les deux époux du côté de Lucéram.

— Mat, informé, a fait le nécessaire avec la gendarmerie. Celle-ci a mis un barrage en place sur la route amont vers Peira-Cava et un autre en aval de Lucéram, au pont du Collet, d'après ce qu'il m'a dit. Le problème est qu'on n'a pas l'identité du bonhomme qu'on cherche ! Donc, on doit cuisiner nos deux clients. Caroline et moi, on prend le mari, Sam et Juju vous prendrez la femme, après nous, pauvreté d'avocat oblige ! Démétrios, tu retrouves les deux majors et tu cuisines le Marco. On sait déjà pas mal de choses, mais il faut tout compléter avant de refiler le bébé aux stups et à La Bocca. J'ai téléphoné à la légiste pour qu'elle se rende aux Broussailles afin d'en savoir un peu plus sur le flic jordanien.

Entendant « j'ai téléphoné », Juliette rit sous cape.

— Quelque chose ne va pas Juju ? Qu'est-ce que j'ai dit, qui te fait rire ?

— Rien, rien, capitaine…

— Bon alors au boulot… Pour les interrogatoires on attend l'avocat et le traducteur…

— Il n'y a qu'un avocat et qu'un interprète pour les deux ? On ne va pas pouvoir les interroger en même temps.

— On va la jouer fine comme d'habitude. Scénario classique entre deux suspects. OK ?

— *Ça marche,* répondent en cœur les deux lieutenants. Seul Démétrios est « absent ».

Quelqu'un frappe à la porte. C'est un brigadier qui apporte une grosse enveloppe en provenance de la scientifique. Le capitaine demande à tout le monde de rester encore un instant pour la découverte des indices. Achard parcourt les feuillets en silence et lit quelques passages à voix haute. Il ressort que la scientifique a trouvé dans l'appartement quatre traces d'empreintes différentes et qu'en plus des deux époux, celles de Philippe Meunier ont matché.

— C'est la preuve qu'il était dans cet appart. On ne les trouve que dans le salon et les toilettes. Nulle part ailleurs.

Le capitaine replonge dans le texte. *Les gars ont trouvé plusieurs passeports iraniens vierges. Pas une goutte d'alcool dans la maison, normal… Mais il ya des vidéos, paraît-il, intéressantes. Ah, il y a une cave.*

Qu'y ont-ils découvert ? Voyons, voyons…

— *Du L52,* lance Caroline en riant.

— Tout juste, 7 flacons identiques à ceux trouvés dans la poubelle. Sauf que ceux-là sont pleins de morts. P…, tu parles d'un arsenal…

Et la bagnole ?

Le capitaine tourne deux feuillets encore pour trouver l'expertise du véhicule. Il lit en silence devant un auditoire attentif.

— Il n'y a pas de GPS, cela on le savait. Des traces de boue relevées sur les pneus sont en cours d'analyse. Ce qui est sûr par contre, c'est qu'il y a eu un type dans le coffre et que l'analyse de l'ADN retrouvé sur la moquette du coffre correspond à celui que la DGSE nous a fourni. Bingo ! Ils ont assassiné l'assassin ! Ils étaient trois dans la voiture. La femme était assise à l'arrière… Ils sont forts à la scientifique ! Tous les trois ont transporté le corps dans la vallée du Paillon… Ah, on a la confirmation du bornage des téléphones… Démétrios ?

— Ouais patron, j'ai cru bien faire. Quand j'ai eu fini de décortiquer les téléphones, je les fais porter à la scientifique.

— Décidément, toi tu me plais. Reste avec nous.

— *J'ai oublié de vous montrer deux photos que j'ai trouvées dans le portable du mec. Les voilà…* dit le jeune lieutenant en tournant l'écran de son ordinateur vers son patron. Tout le monde peut découvrir un gros plan de l'assassin, assassiné. La photo veut bien montrer que le type est mort.

— Ces photos ont été envoyées. Mais je n'ai pas réussi à trouver le destinataire. En tout cas, celui-ci n'est pas en France…

— La scientifique confirme : impossible de connaître le destinataire. Mais nous, on est sûr d'avoir les assassins.

Achard regarde sa montre, les administratifs ne vont pas tarder. *Ah au fait mes amis, c'est Triboulet qui enquête !!! Silence, pas de remarque...*

Vers 9 heures arrive le professeur de persan. Le capitaine explique qu'il a en réalité deux clients pour lui. Eskandar Mazyar-Babaheh et son épouse Fériel. L'interprète sourit. Achard le questionne sur ce rictus. L'homme répond simplement que Fériel signifie simplement « justice » en persan. Il observe les curriculums vitae des deux personnes et leurs portraits, tandis qu'un planton annonce l'avocat.

— *Maître bonjour, j'ai omis hier de vous dire que j'ai deux et peut-être trois clients pour vous...*

— *Ah et pourquoi, je vous prie ?*

— *Parce qu'avec Eskandar, nous avons arrêté sa femme et j'ai un petit malfrat tireur à moto pour vous si cela vous intéresse. Vous voyez j'alimente votre carrière !*

— *Tout m'intéresse. Je prends. Je le verrai après les interrogatoires des deux Iraniens.*

— *Suivez-nous messieurs...*

Eskandar a été amené dans la salle d'interrogatoire n° 1, juste à temps pour voir sa femme entrer dans la salle numéro 2. Le scénario diabolique est en marche.

Tout le monde prend place. Le capitaine ouvre les hostilités :

— *Monsieur Eskandar, je vous présente maître Moyennant, commis d'office pour vous défendre et le professeur Shapour Hamrahi, qui nous servira d'interprète.*

— *Je n'ai pas besoin d'interprète...*

— *Je lui ai demandé de traduire systématiquement en farsi tout ce que j'ai vous dire. Chez nous, l'article 63 de la procédure pénale...*

— *Je sais !*

Eskandar s'enfonce dans la chaise, un peu bougon. Puis tout à coup, il se redresse et part dans une diatribe persane qui semble sans fin. À la fin de cette incroyable logorrhée, le capitaine demande à l'interprète ce qu'il a dit.

— Il dit qu'il est envoyé par Dieu, qu'il n'a fait que son devoir. La nuit, des voix le harcèlent pour qu'il réalise la volonté divine et que les jihadistes doivent mourir... Il est envoyé sur terre pour défendre l'islam chiite contre les mécréants... c'est très confus dans sa tête et dans la mienne, mais en gros c'est cela.

— Oui c'est qu'il a déjà dit hier.

— Comment il a déjà été interrogé sans ma présence ? rouspète l'avocat.

— Que croyez-vous, maître, que nous faisons quand on cherche les assassins ? Du tricot ? Le bâtonnier n'avait pas encore envoyé d'avocat et puis tout a été enregistré et reste à votre disposition. J'ai fait faire des copies, certifiées conformes par la police !

Le jeune avocat découvre le capitaine et la Crim, lui qui aimerait travailler aux affaires matrimoniales.

Eskandar attend la fin de la passe d'armes pour s'exprimer encore, en français cette fois.

— Capitaine, je vous ai tout dit. Mon travail exigé par mon Dieu est d'éliminer les jihadistes qui font du mal à notre religion. J'ai éliminé Meunier.

— Seul ?

— Oui seul...

— Impossible de le transporter seul du côté de Lucéram !

En entendant le nom de cette charmante commune de l'arrière-pays niçois, le prévenu pâlit. « Partie d'échecs en marche », se dit Achard. « Je continue à avancer mes pions lentement ».

— Hé oui, on sait que vous êtes allés dans la nuit de mardi à mercredi dernier à Lucéram. Vos téléphones vous ont trahis. Rassurez-vous, monsieur Eskandar, même éteints, ils auraient fini par parler. Très pratiques pour la police, ces foutus téléphones. On suit les bandits à la trace, depuis un fauteuil. Vous êtes passés devant la borne téléphonique du village à 2 heures 32 du matin. De plus, un type insomniaque qui habite en face de la mairie et qui fumait une cigarette sur son balcon a vu votre voiture.

Achard bluffe, mais le suspect ne le sait pas. *Il a témoigné avoir vu votre véhicule rouler doucement comme pour ne pas réveiller les dormeurs.*

Ce que je veux savoir très vite, c'est le nom de votre complice et où est le corps de Meunier.

Silence dans la salle d'interrogatoire. Caroline, peu au fait de ce genre d'exercice, se lance, en élevant la voix de plus en plus :

— *Tu as entendu le capitaine. Où est Meunier ? Vous l'avez buté avec du poison, qu'on a retrouvé dans les flacons de L52 que ta femme a jeté à la poubelle dimanche soir.*

Eskandar a un mouvement de recul devant cette furie. Le capitaine intervient :

— *Doucement lieutenante. Notre ami Eskandar a bien compris où est son intérêt. Il va nous dire gentiment où est Meunier et nous donner le nom de son complice.*

Monsieur le professeur, traduisez, je vous prie, et ajoutez que ce serait véritablement beaucoup mieux pour lui, avant que je ne me fâche vraiment.

Tandis que l'interprète traduit les propos de l'officier de police, en en rajoutant une couche, Sam entre et parle à l'oreille de Fernand.

— *Ça y est, monsieur Eskandar, vous êtes fichu, votre femme vient de tout nous dire.*

— *Ma femme ne sait rien.*

— *Elle vient de nous donner le nom de votre complice. La gendarmerie est en route pour Lucéram... Mais j'aimerais bien que vous me confirmiez son prénom surtout...*

— *Ne dites rien, monsieur Eskandar. C'est un piège, c'est classique chez les policiers...*

— *Je n'ai rien à cacher, puisque c'est Dieu qui m'ordonne de...*

— *Ne dites rien.*

Excédé par cet avocaillon, le capitaine lui demande de sortir avec lui. Dehors, les deux hommes s'expliquent. Achard révèle que la Fériel Mazyar a tout révélé la veille. Il ajoute en regardant ce jeune avocat, bien vert au demeurant, qu'il est hors de question que la femme paie seule.

— Il faut qu'il nous dise ce qu'il sait et vite.

Les deux hommes sont de retour dans la salle d'interrogatoire ; l'avocat explique à son client qu'il a tout intérêt à répondre aux deux questions des policiers. Il insiste sur le fait que son épouse ne peut être seule mise en examen dans cette affaire, alors que le complice poursuivrait une vie tranquille le restant de ses jours.

— Monsieur le professeur traduisez lui cela en insistant lourdement. Vous me comprenez ? C'est pour son bien.

Caroline est admirative. Elle est prête à succomber aux charmes du capitaine.

Finalement Eskandar Mazyar-Babaheh lâche le nom de son complice :

— Il s'appelle Robert Ferrer. Il n'a rien fait, bien entendu...

— Il vous a aidé à transporter le corps. Et où est ce corps ?

— Robert est un ami, il n'est pas dans le coup. C'est un Français que j'ai connu il y a 5 ans, quand il travaillait encore comme technicien de surface à l'aéroport (sic).

— Il ne travaille plus à l'aéroport ?

— Non, il a été licencié l'année dernière. Licenciement économique qu'ils ont dit ! Mais il est resté mon copain. Il habite Lucéram...

— Où, à Lucéram ?

— Ce que je sais, c'est qu'il faut prendre la route de l'Authion et qu'il a une masure dans le petit hameau de Parage.

Le capitaine sort rapidement et téléphone de son bureau au commissaire. Celui-ci contacte immédiatement son ami Bert afin de mettre en marche la Gendarmerie nationale.

Le capitaine revient dans la salle d'interrogatoire et demande où se trouve le corps de Meunier.

— On l'a enterré dans la grange...

— Je vous remercie monsieur Eskandar, vous avez fait le meilleur choix. Vous allez attendre encore un peu ici, afin de signer votre déposition...

— Dieu...

— Je sais... Lieutenante Labaz, messieurs, laissons les brigadiers ramener monsieur Eskandar dans sa cellule.

Allons voir madame Fériel Mazyar maintenant dans la salle numéro 2. L'épouse d'Eskandar est là, silencieuse et prostrée. Lorsque tous entrent, elle se lève brusquement pour exiger des nouvelles de son mari.

Achard s'adresse au professeur :

— Madame Mazyar parle mal le français. Nous allons faire l'interrogatoire en farsi, si vous le voulez bien. Expliquez-lui.

C'est ainsi que durant trois quarts d'heure, une heure, la suspecte est interrogée, dans le plus grand respect des règles. L'avocat n'est pas très satisfait de comprendre que la femme n'avait jamais rien avoué auparavant. Technique classique de la police. Faire croire à l'un que l'autre a parlé, pour délier la langue de l'un. La femme confirme tout ce que son mari a révélé.

— Sam et Juliette, vous terminez cet interrogatoire, vous faites remplir les PV. Caroline puis-je vous demander de remplir le PV d'Eskandar avec Suzanne ?

— À vos ordres capitaine, répond Caroline en saluant militairement, le sourire aux lèvres.

Dans le bureau de Mat, le capitaine reçoit quelques maigres félicitations et demande à son patron de l'envoyer avec le groupe dans la vallée de Lucéram assez rapidement.

— Bien sûr capitaine, rassemblez votre troupe et sus à l'ennemi ! Et ramenez-nous ce Ferrer, en entier de préférence.

Fernand pense, en sortant du bureau, que la gentillesse du commissaire cache quelque chose... Puis tout à coup, alors qu'il pousse la porte de l'open-space, il imagine que son fils a décidé d'acheter sa maison et qu'il veut une ristourne. Achard rigole tout seul. Retour à son bureau.

Assise dans son fauteuil de capitaine, Chantal est en train de lire *Nice matin*. Seule la fidèle Suzanne travaille dans le champ visuel du capitaine. L'open-space est vide.

Ils s'embrassent. Il y a si longtemps qu'ils ne se sont vus ! Il n'est que onze heures, mais depuis ce matin, comme chaque jour, il s'est écoulé une éternité.

— *Que fais-tu ici ? Je vois que je te manque plus que de raison...*

— *Arrête... Je suis allée aux Broussailles. Ton flic est sorti du coma ce matin. Plus exactement les médecins ont décidé de le ramener à la vie, le danger étant passé...*

— *Il va s'en tirer ?*

— *Oui et sans séquelles, si j'ai bien compris...*

— *Super. Je téléphone à Paris tout de suite.*

— *Inutile, j'ai rencontré à l'hôpital, assis au pied du lit de notre blessé, un type, costaud, immense comme un para du 1er REP. On s'est présentés. Il s'agit de l'attaché militaire de l'ambassade de Jordanie. Il est arrivé en jet privé à l'aube. Il était visiblement heureux du dénouement de cette affaire, car m'a-t-il dit, ledit policier Yazid El Hachem est un parent assez proche de la famille royale. Il doit repartir en début d'après-midi. Mais il m'a dit revenir le plus vite possible, chercher son jeune protégé.*

Le capitaine est assez abasourdi par sa chérie.

— *Tu es vraiment extra... je t'aime. On va manger en vitesse... Cet après-midi on va faire du tourisme du côté de Lucéram. C'est là-bas que crèche le complice de nos deux suspects...*

— *Ils ont avoué ?*

— *Tout, grâce à Dieu.*

Sam est de retour. Achard lui explique la nouveauté. Il lui demande de dire à tout le monde d'être prêts avec gilet pare-balles et armement pour 13 heures.

— *On part en vadrouille dans la haute vallée du Paillon. Bert a reçu l'ordre de nous attendre.*

Une croustille rapide pour les deux amants, dans un frêle instant de pause et de bonheur et la cadence de la vie reprend ses droits.

13 heures 30. Tout le groupe est en partance. On n'attend plus que le commissaire Mat. Ce dernier arrive essoufflé tout en téléphonant à Bert. Il lui explique qu'il monte, lui aussi, sur place. Bert lui raconte

que la maison est cernée, mais qu'il n'y a personne en apparence. Le village est distant d'environ 28 kilomètres par une route tortueuse. Et il faut une quarantaine de minutes aux policiers pour arriver à l'entrée du village, où les attend le commandant Berthier.

Carte déployée sur le capot de sa voiture, il montre le chemin à parcourir pour parvenir à la ferme de Ferrer.

— *La maison est cernée. On a fait évacuer tout le hameau. Les voisins nous ont assuré qu'il était là, tôt ce matin. On y va ?*

Et le convoi reprend la route. À la sortie du village, le commandant Berthier qui roule en tête prend à gauche la D 2566. La route est tortueuse et les policiers ne savourent pas la beauté du paysage lorsqu'ils s'élèvent au-dessus du village. Au col de Saint-Roch démarre la route de l'Authion, puis celle du Tournet et là, planqué dans une clairière, à l'écart de tout, vit le dénommé Ferrer. Les gendarmes en tenue de combat encerclent effectivement la maison et contrôlent les environs. Il fait très chaud et les hommes sont en nage, sous leur lourd équipement. Les spécialistes de la Gendarmerie progressent lentement. Derrière la maison se trouve une grange en planches, délabrée et qui semble en ruines. Le capitaine Achard pense que c'est là qu'est le corps de Meunier et il s'en ouvre au commandant Berthier.

Finalement la maison est investie. Il n'y a personne, ni homme ni bête. Le chien de Ferrer est dans la grange et il aboie à tout va lorsque les militaires s'approchent de la porte avec précaution. On ne sait jamais. Ferrer attend peut-être derrière avec un fusil de chasse. Un militaire réussit à ouvrir la grande porte de bois, qui grince sur ses gonds rouillés. La grange est sécurisée et les policiers peuvent y entrer. Deux militaires de la BR entrent les premiers, inspectent d'un coup d'œil circulaire le bâtiment. Le premier interpelle son voisin. Sous des fûts en plastique et des madriers, couverts par une bâche bleue, la terre a été fraîchement retournée. Ils appellent le commandant. Berthier donne immédiatement l'ordre de creuser, très délicatement, avec mille précautions. Tous les indices sont bons à prendre. Les policiers, plantés derrière l'officier de gendarmerie, attendent le verdict. Très rapidement les restes d'un cadavre apparaissent.

Assez rapidement, le médecin de la BR confirme qu'il s'agit bien du corps de Meunier.

— *Bert, il faut se lancer à la recherche du fuyard,* dit Mat, à son vieux complice.

C'est alors qu'on entend des éclats de voix à l'entrée de la clairière.

— *Qu'est-ce qui se passe ?* demande Mat en se dirigeant vers les éclats. C'est un gendarme qui tente d'empêcher un jeune homme de passer.

— *Alors ?*

— *Il dit qu'il sait où est le propriétaire de la ferme.*

— *Laissez-le passer…*

Le jeune homme est un berger qui redescend de la montagne. Il est payé par le conseil départemental pour faire brouter par son troupeau les bas-côtés de cette route alpestre. Il raconte ce qu'il a vu :

— *Il est parti ce matin de chez lui. Je j'ai vu qui marchait sur la route vers Peira-Cava. Il avait une grosse musette sur le dos. Moi, je dors sur le bord de la route avec les bêtes. C'est comme cela que je l'ai vu. Il n'était pas encore 8 heures.*

— *Est-il armé ?*

— *Je n'ai pas vu de fusil…*

Bert de retour à sa voiture appelle par radio l'adjudant responsable du barrage de Peira-Cava pour le prévenir de la possible arrivée du fugitif.

— *Il faut qu'on le trouve avant la nuit. Parce qu'après il faudra des jours et des jours dans ces montagnes bien peu faciles d'accès. Je vais essayer d'avoir un hélicoptère…*

Mat demande au jeune berger jusqu'où continue la route du Fournet. Le jeune lui répond qu'elle rejoint la route de l'Authion un peu plus haut.

— *Lieutenant Grange et lieutenant Labaz, vous restez ici pour surveiller le transfert du corps à Nice. Nous, on repasse par là très rapidement. Achard, vous venez avec moi ;* le capitaine appelle Sam et les trois hommes grimpent dans la Peugeot du patron, suivi par un fourgon de la police niçoise.

La région est très boisée, avec des ravins profonds, inaccessibles. Même les sangliers, qui pullulent par ici, ont du mal à traverser ce maquis. Si Ferrer veut se cacher, cela lui est effectivement très facile…

— *Oui, mais le berger a dit qu'il marchait sur la route…* La voiture roule lentement, enfilant les épingles à cheveux les unes après les autres jusqu'au sommet du ravin de Raimonaudo. La route devient progressivement plus plate en arrivant près du gros bourg et toujours pas de Ferrer. Les policiers parviennent à Peira-Cava, au barrage de la gendarmerie, installé au droit de l'ancienne caserne de chasseurs alpins.

Mat a très chaud. Il propose d'aller boire un coup au café restaurant Barrani.

— *Je connais bien la proprio. On vient ici à chaque rallye pour établir la sécurité avec les organisateurs.*

Et de fait, dame Barrani connaît bien le commissaire. Cheveux gris jaunissant en bataille, le visage buriné par le temps, elle reçoit « son » commissaire avec déférence. C'est tout juste si elle ne lui fait pas la bise. Puis traînant la savate, elle part chercher des bières dans son arrière-boutique. Elle semble sortir d'un monde inconnu, elle semble sale, mal peignée, les rides dévorent son visage…

Pendant ce temps, les policiers observent le café-restaurant : les murs disparaissent sous les plaquettes métalliques annonçant les rallyes ; rallye d'Antibes, rallye des fleurs et bien sûr rallye de Monte-Carlo. On a l'impression d'entrer dans un monde venu d'un autre âge, en pénétrant ici. Un chamois empaillé a pris place sur une commode. Des bouteilles vides, alignées sur une étagère, remontent à Jéroboam ou Mathusalem. L'adjudant-chef de gendarmerie a rejoint les policiers. Il salue militairement le commissaire.

Curieuse comme la chatte de son voisin, la propriétaire, tout en apportant les bières, demande à son « ami » Mat les raisons de ce barrage et du foin qui secoue le village. Le policier lui répond qu'il est à la recherche d'un habitant du Tournet.

— *Du Tournet, je connais. Diable ! qui c'est ?*

Sans hésiter, Mat, qui n'a rien à perdre, lui donne le nom.

La vieille femme tourne ce patronyme dans sa tête de longues minutes. Elle réfléchit, tout en sortant de nouvelles cannettes de bière fraîches, car les premières sont déjà éclusées. Puis tout à coup, elle dit l'air inquisiteur :

— *Ferrer du Tournet ! Vous voulez parler de Robert ? Robert Ferrer ?*

— *Oui, c'est cela...*

— *Bin, il a un cabanon, juste là derrière le mamelon.*

— *Et comment y va-t-on ?*

— *Faut prendre la route à gauche de l'épicerie,* dit, rayonnante, la vieille femme en sortant sur la rue et en montrant ladite route. *Vous montez la route qui va à Peira-Cava Contre. Depuis la route vous verrez son cabanon en contrebas.*

Mat téléphone au commandant Berthier :

— *Bert, on a peut-être débusqué notre homme dans un cabanon de Peira-Cava. Rapplique... On t'attend. Magne-toi.*

— *J'arrive d'ici 20 minutes maxi avec les restes du peloton.*

— *Emmène avec mes deux lieutenantes. On descendra le cadavre après.*

— *J'arrive de suite. Passe-moi l'adjudant-chef...*

À ce dernier, Bert donne ses instructions. Encercler le cabanon le plus discrètement possible, sans alerter l'attention de Ferrer et l'attendre. Ne pas intervenir, sauf si le fugitif tente de fuir.

Moins d'un quart d'heure après ce coup de téléphone, les voitures et fourgons se présentent dans le bourg. Un gendarme, resté devant l'épicerie, indique au commandant le chemin à suivre. Parvenus aux dernières maisons, les véhicules stoppent bien à l'abri derrière de grands pins. Très rapidement, Bert donne ses ordres. Il a, à sa disposition, l'équivalent d'un peloton parfaitement entraîné et équipé. L'affaire doit se conclure très vite. Les voisins et les joueurs de tennis du terrain proche sont évacués en douceur et en silence. Le seul réel obstacle vient du terrain pentu, qui dévale vers le vallon de Callier. En 20 minutes, tout le monde est en place. Après être passés devant un tas de bois, prêt pour le chauffage, Bert et Mat s'avancent, côte à côte à découvert, sur le chemin de terre qui mène au cabanon. Les trois lieutenants, l'arme au poing, descendent en passant par la forêt qui borde ce champ à l'ouest. Des gendarmes truffent le paysage et pourtant, on ne les voit pas. Tout à coup sans crier gare, Bert, à portée de voix, se lance et interpelle le fugitif :

— *Ferrer rendez-vous. Nous savons que vous êtes là. Vous ne pouvez plus fuir. La maison est cernée...*

On n'entend plus que le silence inquiétant qui enveloppe le vallon. Au bout de quelques minutes, Bert réitère son ordre. Rien que le silence lourd et pesant roulant dans le vallon.

— *Et s'il s'était flingué ?* ose Mat

— *Penses-tu, pas ce genre de type. C'est un comparse. Il n'a pas le ventre pour se flinguer... Ferrer ! Rendez-vous, la maison est cernée !*

Devant le silence persistant, Bert, par talkie-walkie, fait progresser ses hommes sur l'arrière du cabanon, sans toutefois être visibles.

Mat prend à son tour la parole :

— *Ton ami, Eskandar nous a tout avoué. On sait que tu n'as tué personne. Rends-toi, sinon nous allons être obligés de tirer. Tu ne veux pas mourir ici ?*

Au bout d'un instant, dans le silence de plus en plus inquiétant, la porte du cabanon s'ouvre lentement. Les policiers, parvenus à quelques mètres, gueulent en direction du cabanon :

— *Sortez-les, mais en l'air...*

Lentement, Robert Ferrer, les bras en l'air lancés très haut vers le ciel, franchit la porte de son cabanon. Une quinzaine d'armes, pointées sur lui, sont prêtes à ouvrir le feu. Deux gendarmes venus de l'arrière du bâtiment le ceinturent violemment. C'est fini. La cavale de Ferrer s'arrête là dans la pente herbeuse de Peira-Caca Contre. C'est alors qu'un hélicoptère de la Gendarmerie, montant de la vallée, survole le vallon, comme pour un salut de victoire.

Robert Ferrer est amené dans un fourgon et descendu à Nice. Les gendarmes lèvent le barrage de Peira-Cava, changent d'équipements et regagnent leurs casernes un peu plus légers. Les moins nombreux descendent à L'Escarène et les autres partent pour Nice. Mat et Bert se donnent rendez-vous au commissariat pour fêter ça, comme au bon vieux temps.

— *Tu devrais prévenir le proc ; il va être content...*

Ferrer arrive au commissariat central peu après 18 heures. Il est immédiatement mis en garde à vue et enfermé dans une cellule. En passant dans le couloir, il peut voir ses amis atterrés somnoler derrière les grilles. Mat déboule dans l'open-space d'Achard.

— *Capitaine, lieutenants, vous avez bien bossé. Félicitations. Demain vous me bouclez tout ça. L'affaire a été rondement menée. Bravo les gars.*

Et le commissaire disparaît aussi vite, pour retéléphoner au procureur Mathusier. Celui-ci doit faire un point presse le lendemain jeudi à 18 heures, au Palais de justice.

Le capitaine invite toute son équipe *Chez Emile* pour fêter cette victoire. L'affaire ne fut pas simple en effet : partie d'un simple assassinat, on s'est retrouvé avec une histoire de terrorisme avec des ramifications internationales.

— *Je suis crevé. Demain matin, tout le monde à la boîte à 8 heures 30. Il faut qu'on avance avec cette histoire. Bonne nuit et à demain...*

Puis se ravisant, il se retourne et ajoute depuis le trottoir :

— *Lieutenant Labaz ne partez pas tout de suite... j'ai besoin de vous demain comme de tous les autres.*

— *Je serai là capitaine...*

De retour à la maison, dans la grande villa de Gairaut, Fernand se laisse effondrer dans un transat. Il n'a vu personne. La voiture de Chantal est là. Il a appelé, mais rien, pas de réponse. Après quelques minutes, il se décide à investiguer, comme disent certains tenants de la langue française. Il trouve finalement Chantal et Jérémy à l'étage, plongés dans Kant.

— Mon chéri, je ne t'ai pas entendu arriver...

La tension née de ce foutu examen stresse en juin toute la France des futurs bacheliers. Il y a ceux qui sont sûrs d'aller au casse-pipe. Il y a ceux qui pensent que cela ne sert à rien, mais qu'il faut y aller. Il y ceux, surtout celles, qui pensent que leur vie en dépend et qui stressent grandement. Et puis, il y a Jérémy, un garçon, travailleur et doué qui est stressé sans lieu de l'être.

— Cessez de stresser tous les deux... Rien qu'à regarder ton carnet, je n'imagine pas une seconde que tu puisses rater cet exam. Je ne te mets pas la pression ; au contraire Jérémy, aie confiance en toi. Tu es le meilleur, Jérémy. Tu vas réussir à l'aise. Ze fingueur in ze noze...

Jérémy sourit. Fernand sait que c'est toujours facile de rassurer les gens, sauf lorsque ceux-ci ne veulent pas l'être...

Chantal et Fernand se retrouvent comme très souvent le soir. Chacun raconte sa journée de travail. Chantal est heureuse de voir que l'enquête tire à sa fin. Fernand la rassure :

— Demain matin, tu vas rencontrer notre assassin. Je ne sais pas dans quel état il est. Mais il n'est pas resté trop longtemps dans la terre.

— Dès que j'ai quelque chose, je te téléphone.

— Pense au poison...

Mercredi matin, il fait toujours aussi chaud. Il y a une semaine, on découvrait le cadavre d'Hadé Nazzalhadj. Le capitaine, assis derrière son bureau métallique, est assez fier de lui. Une semaine d'investigations et d'enquête pour clore cet imbroglio. Il prépare sur son bloc note, le travail de chacun : interrogatoire de Ferrer, interrogatoire du policier jordanien aux Broussailles, mises à jour des comptes rendus et des rapports... paperasse quand tu nous tiens.

« Cet après-midi, on défère tout le monde et on se met les doigts de pieds en éventail jusqu'à lundi... Impossible, un nouveau macchabée va nous tomber dessus... Je le sens déjà. »

Fernand Achard parle souvent seul. À qui ? Il l'ignore. À lui, certainement. Et quand il se fait prendre, il se met à chantonner pour donner le change. Mais tout le monde aime parler seul, même ceux qui disent le contraire.

Huit heures trente-cinq, la porte de l'open space s'ouvre sur le premier arrivant et en quelques secondes, tout le monde est là, y compris Caroline. Le capitaine salue tout son beau monde et distribue le travail.

— Suzanne vous avez un gros travail. Il nous faut tous les rapports et PV au propre pour ce soir. Juju, tu l'aideras. Plus vite on aura fini, mieux cela vaudra. Le Proc ne va pas tarder à se manifester. Toi, Sam, tu montes à l'hôpital de Cannes et tu prends la déposition du policier blessé. Démétrios, tu te mets en rapport avec la scientifique. Ils ont certainement trouvé des éléments dans la baraque ou dans la grange. Mais avant, tu explores le téléphone de Ferrer.

Caroline, vous venez avec moi. On va rendre visite à Robert Ferrer.

Le prévenu attend dans la salle d'interrogatoire numéro 1, visiblement exténué par une nuit blanche. Situation fréquente et propice aux aveux. Un brigadier met en marche le caméscope. L'avocat arrive essoufflé, pour soutenir son nouveau client. Mat, sans prévenir, s'est installé derrière la vitre tintée.

Aux premières questions des policiers, on sent immédiatement que cet homme est un pauvre type, insignifiant. Au fond, il a connu Eskandar à l'aéroport de Nice, quand il y travaillait. Il a sympathisé très vite avec les époux Mazyar, qui l'ont pris en amitié. Mais pour lui, ce qui fut le plus important, c'est qu'ils sont restés amis, quand il s'est retrouvé au chômage. Ils ne l'ont pas abandonné et pour lui, cela n'a pas de prix. Aussi, quand Eskandar lui a demandé un coup de main, il n'a pas hésité, un seul instant. Il a aidé son copain sans se poser de questions.

— Et vous avez accepté de transporter un cadavre sans poser de questions ?

L'homme reste muet.

Puis il avance :

— Ils m'ont aidé, quand j'ai perdu mon travail. Ils m'ont nourri. Sans eux j'aurai crevé de faim.

— Et alors ? Transporter un cadavre, tout de même...

L'homme se terre dans un mutisme coupable. Caroline jette un regard au capitaine, comme pour demander son approbation. Puis elle se lance :

— Vous êtes allé chez eux mardi soir ? Vers quelle heure ?

— Je suis descendu de Peira, dans la nuit. Il était minuit passé.

— Et quand vous êtes arrivé, le bonhomme était mort ?

— Oui. Il était allongé sur le divan de la salle à manger, raide mort.

— Et qu'avez-vous fait ?

— Ce qu'Eskandar m'a dit de faire : on a descendu le type – il était très lourd – dans sa voiture dans la cour arrière.

— Personne ne vous a vu ?

— Non, je crois que non. Il faisait nuit, nous n'avons pas allumé la montée d'escalier et on est sorti de la cour avec les phares de la voiture éteints. On a roulé jusque chez moi. Personne ne nous a vus et on a creusé un trou dans la grange. Je savais que la terre y était bien meuble. On a ensuite recouvert au mieux la tombe.

— Vous savez qui était cet homme ?

— Eskandar ne me l'a jamais dit...

Caroline, un moment penchée, les deux mains sur la table, se relève, regarde le capitaine. Tous deux sortent.

— Bravo lieutenant. Joli travail. Je vous avais bien dit que j'avais encore besoin de vous...

— Incroyable ! Quand Hadé est décédé, son assassin était déjà mort. J'y crois pas...

Achard entre à nouveau dans la salle d'interrogatoire et signifie la suite des événements.

— Nous attendons les résultats de l'autopsie de Meunier. Je veux savoir si vous avez participé à son meurtre.

— Je vous ai dit : le type était mort quand je suis arrivé.

— On verra... Brigadier, ramenez le prévenu en cellule.

L'avocat sort à son tour, demande où se trouve la machine à café et exige qu'on lui remette un dossier complet sur son nouveau client. Achard, après avoir indiqué l'antique bécane censée faire du café, demande à Juliette de sortir un dossier pour le représentant du barreau.

À peine Achard est-il arrivé dans son bureau, qu'un brigadier entre avec un ordre du commissaire. Il lui faut se rendre dans le bureau du patron. Celui-ci l'informe que le procureur veut envoyer très vite le dossier au parquet antiterroriste de Paris, qui le réclame. Mathusier veut faire un point presse en fin de journée.

— Au travail, capitaine dites à vos hommes de chiader les rapports et les PV.

Dans l'open-space tout le monde s'affaire.

Sam revient de l'hôpital. Il a auditionné le policier jordanien. Celui-ci se remet doucement des deux balles qu'il a reçues. Le casque a dévié l'une d'elle et l'autre s'est logée à proximité du cœur, mais sans faire de vrais dégâts. Sa jambe gauche s'est fracassée contre le poids lourd en stationnement. Sam précise à son capitaine que l'homme confirme tout ce qu'il sait déjà sur cet attentat.

— D'après les infirmières que j'ai vues, il en a encore pour au moins deux semaines d'hospitalisation...

— Sam, fais-moi un interrogatoire tip top de Marco. Prends avec toi le « baveu ». N'y passe pas la journée. Il faut le confondre et obtenir ses aveux.

Retour chez Mat :

— Vous rassemblez tous les éléments de cette agression. Vous en faites deux doubles et vous en envoyez une copie à Cannes. C'est le commissariat de la Bocca qui va suivre cette affaire désormais.

— Il reste encore un dernier interrogatoire du tireur. Le lieutenant Sam s'en charge en ce moment.

— Parfait. J'ai cru comprendre que vous aviez refilé une copie aux stups...

— Oui, j'ai…

— À qui ?

— À Jeannot…

— Tu as bien fait, ils se débrouilleront avec La Bocca. Ce n'est plus notre affaire. Il faut se concentrer sur le Jordanien et les Iraniens. Je viens d'avoir le directeur de la DGSE qui me demande où en est notre enquête. Il veut revoir son agent lundi au plus tard.

Dans le feu de l'action, Achard ne s'est même pas aperçu que son patron l'a tutoyé. De retour à son bureau, il se dit que cette affaire est devenue une affaire d'État, comme aimait dire sa grand-mère maternelle. Une sainte femme avec les pieds sur terre et le bon sens chevillé au corps. Lui, il a résolu une affaire classique de meurtre et même retrouvé les meurtriers de l'assassin. Inédit tout ça !

Il converse un long moment avec Suzanne. Il sait qu'il est inutile de lui dire quoi que ce soit. Tout sera impeccable. Il la connaît depuis longtemps. Elle était la secrétaire de son prédécesseur et ils se tutoient de longue date.

— Je te sens soucieux, capitaine…

— Pas vraiment, mais j'ai hâte que toute cette affaire se termine.

— Dans l'après-midi, tous les rapports seront au propre. Les PV sont déjà nickel.

— Parfait. Suzanne. Mais je ne te demande rien… répond l'officier de PJ, en retournant à sa place.

En début d'après-midi, les conclusions de la médecin légiste arrivent. Chantal en personne apporte les résultats de l'autopsie.

— Tu as fait vite.

— Je n'ai fait qu'autopsier rapidement et j'ai prélevé dans les tissus de l'estomac de quoi recherche le poison. La comparaison de ce que j'ai analysé avec les flacons de L52 trouvés dans l'appartement des Mazyar est formelle : le poison ingéré provient bien de ces fioles. Pour le reste, des analyses sont en marche, je verrai demain ou lundi…

Chantal se retire, car elle veut remonter à Gairaut, s'occuper de son fils Jérémy.

— *À ce soir mon amour,* dit à voix basse Fernand.

Alors qu'elle s'apprête à franchir la porte, surgit tel un diable de sa boîte, le juge Triboulet.

— *Je n'ai pas pu venir plus tôt. Avec les travaux du métro, on n'avance plus dans cette ville. Vivement que cela se termine. Je voulais venir hier après-midi, mais on m'a dit que vous étiez en balade. Dites-moi, capitaine, j'attends toujours vos premiers rapports...*

— *Ah pardon, monsieur le juge, mais nous avons tout transmis à monsieur le Procureur...*

— *Ah ? Il ne m'a rien faire suivre...*

— *Sachez qu'hier, on procédait à l'arrestation, plutôt périlleuse d'un suspect du côté de Lucéram. Et pour vous être agréable, on peut vous faire des copies... On est en train d'en faire à la demande du procureur pour le Parquet antiterroriste de Paris.*

— *Les Parisiens vont s'emparer de cette affaire ?*

— *Ah ! Je n'en sais rien, nous ne faisons qu'exécuter les ordres,* répond Achard, trop content de mettre quelques bâtons dans les roues de la *Lambretta* du magistrat.

Ce dernier ayant accepté, Achard fait signe à Juliette de faire tourner la photocopieuse.

— *Repassez en fin de journée, on vous aura tout photocopié en attendant les originaux.*

Sans mot dire, le juge d'instruction tourne les talons et disparaît dans le couloir de l'ennui.

Démétrios a trouvé dans le téléphone portable plusieurs coups de téléphone des Mazyar pour leur ami Ferrer.

— *Mais j'ai aussi relu les résultats des téléphones des deux époux, que nous a envoyés la scientifique. Il apparaît nettement que, dès le départ, Eskandar a rencontré Robert pour le manipuler. Ils ne sont pas devenus potes par hasard. Cela entrait visiblement dans les plans d'Eskandar.*

Il y a un peu plus d'un an, on peut lire : « Le type est malléable. On peut en faire ce qu'on veut. Il va nous aider sans savoir ce qu'il fait, etc., etc. », en parlant de Ferrer. Et des phrases comme cela, il y en a des dizaines. C'est toujours Eskandar, qui téléphone à sa femme.

— Parfait, tu fais un topo là-dessus. On refilera le tout à Triboulet. Il n'a pas fini de nous pourrir la vie celui-là avec sa face de…

Achard téléphone à la PST pour savoir si quelque chose d'important est sorti de la maison et de la grange du Tournet. L'officier responsable répond qu'il n'y a rien de spécial :

— Dans la maison Ferrer, rien d'anormal. On peut simplement dire que notre bonhomme n'a pas un QI très élevé. Il nous laisse des petites notes sur des morceaux de papier, où on peut lire des mots destinés à son chien. Il consomme beaucoup de vin et du bas de gamme. Dans la grange, nous en avons trouvé 6 caisses vides et deux pleines… Ils étaient bien deux pour faire le trou. Pas de trace d'une tierce personne… Les empreintes des deux hommes figurent sur les manches de pelles. La femme a dû rester dans la voiture ou à l'entrée du chemin pour faire le guet, car elle n'apparaît pas, ni dans la grange ni dans la maison.

— Je vous remercie lieutenant…

— Capitaine Piana pour vous servir. On vous fait parvenir avant 16 heures tout ce qu'on a ; le reste suivra lundi.

— Capitaine, je suis heureux de vous entendre et de voir finalement que vous avez accepté la proposition du commandant. Faudra se voir très rapidement…

— Pas de problème Achard, c'est quand tu veux.

Achard est heureux d'avoir entendu Piana, un officier de gendarmerie avec lequel il avait travaillé sur les meurtres de Faverges en Haute-Savoie. Sur le coup des quatre heures et demie du soir, selon la vieille expression, le capitaine Achard rassemble tout son monde. Tout le groupe fait le point sur l'enquête en voie d'achèvement.

— Cherchez ce qu'on a pu oublier, négliger… Dans moins de deux heures, le proc fait son show. Il faut lui donner du solide.

Et du solide, le groupe de la Crim n'en manque pas. Trois arrestations avec des aveux complets. Deux cadavres parfaitement identifiés, dont l'un est l'assassin de l'autre. Ce qui paraît plus flou, ce sont les nationalités en cause : un Jordanien et deux Iraniens.

— *Sait-on réellement qui ils sont ?* demande Achard.

— *Boulot pour Triboulet,* répond Sam, qui ne l'aime pas du tout.

Devant le capitaine, Suzanne et Juliette ont entassé les rapports et les PV dans une pile de plus de 15 cm.

— *Ce sont toutes les copies ?*

— *Non-capitaine, ce sont originaux pour le Procureur...*

— *Alors pour les doubles, il nous en faut un pour le juge d'instruction et un pour nos archives. Pour la partie qui concerne l'agression à moto, il en faut deux : une pour les stups et une autre pour le commissariat de La Bocca.*

P... toute cette paperasse. Je t'admire Suzanne... Je vais voir le commissaire. Restez dans le bureau. On ne sait jamais. Démétrios ! à tes heures perdues, tu pourras tout numériser...

Mat est ravi de tant de célérité. Une enquête complexe menée de main de maître. Il est heureux de lui et se félicite d'avoir propulsé Achard à la tête d'un groupe de la Crim.

Il est 18 heures, lorsque le Procureur Mathusier entre en scène. Il adore ces moments qui, selon lui, montrent la véritable image de la justice. Il ne cesse de répéter, et il a raison, que la justice travaille. Certes, elle ne va jamais assez vite pour les justiciables ou les parties civiles, mais elle avance inexorablement. Le Procureur tient un rhume carabiné. Il parle du nez et sort fréquemment des mouchoirs en papier.

— *Mesdames, messieurs, je vous avais promis de revenir très vite pour vous informer des derniers déroulements de l'affaire du Méditerranéo. Je vous prie de m'excuser, mais j'ai un rhume de cerveau, qui me tient depuis deux jours. C'est bon signe, cela prouve que j'ai un cerveau...*

Rires dans la salle. Ce n'est pas tous les jours que Mathusier fait de l'humour. Un jeune journaliste se croit obligé de proposer au magistrat de prendre du L52. La remarque tombe à plat. Seul Mat rit sous cape.

Mesdames, messieurs, nous pouvons dire ce soir que les enquêtes menées par la police criminelle ont permis d'élucider cette affaire avec célérité et efficacité.

Pas plus tard qu'hier après-midi, une action conjointe de la police et de la Gendarmerie nationale a permis l'arrestation du dernier protagoniste de cette affaire. En effet, les hommes du commissaire Makhlouf, chef de la Criminelle, et ceux du commandant Berthier de la Brigade de recherche ont arrêté ensemble le dénommé Robert Ferrer, actuellement au chômage, et comparse des époux Mazyar-Babaheh. Les travaux approfondis de la directrice adjointe de l'Institut médico-légal, madame Bellacini, ainsi que ceux de la Police scientifique apportent tous les éclaircissements voulus. J'ai confié la suite de cette instruction, au juge Triboulet.

Voilà, mesdames, messieurs, ce que j'avais à vous dire... Avez-vous des questions ?

Bien sûr que les journalistes *d'FR3 Côte d'Azur* à *Nice Matin,* en passant par *La Provence* et d'autres médias, ont des questions. Et le roulement des questions dure encore une grosse demi-heure. Les journalistes questionnent surtout le commissaire Mat. À ses côtés, Bert semble s'ennuyer.

À la fin du point presse, Bert demande à son ami, pourquoi il a ri en douce à propos du L52. Mat lui explique que le poisson était caché dans des flacons de L52, un médicament homéopathique contre la grippe...

Le Procureur les rejoint dans le couloir qui mène à son bureau.

— *Vous avez entendu, ce jeune morveux, me proposer du L52 ! Incroyable, il n'y a pas plus de respect. Messieurs, on a été bons et je vous félicite. Je vous offre un whisky dans mon bureau en toute amitié.*

Le soir, à Gairaut c'est la veillée d'armes. Chantal annonce à son chéri qu'elle va mener le lendemain matin son Jérémy au lycée. C'est la première épreuve du bac avec 4 heures de philosophie, en attendant le lendemain, trois heures d'histoire-géographie et la fête continuera la semaine suivante jusqu'au jeudi suivant 18 heures. Une semaine de folie, à Gairaut comme dans des milliers de familles.

Au bureau, ces deux jours, le juge d'instruction fait le siège des lieutenants et du capitaine. Il triture la moindre ligne, demande à revoir et interroger les prévenus. Mais pas de traducteur, celui-ci est retourné à Aix-en-Provence.

— *Vous vous rendez-compte capitaine, la République n'a pas d'argent pour garder deux jours de plus un professeur d'Aix-en-Provence. Mais où va-t-on ?*

— *Je ne vous le fais pas dire, monsieur le juge...*

Ce dernier n'a pas vu Sam rire en plongeant la tête dans un tiroir de son bureau.

Finalement, vendredi soir, sur le coup de 17 heures, alors qu'Achard l'a prévenu de son absence samedi toute la journée, le juge Triboulet accepte de transférer les trois prévenus au dépôt du Palais de Justice.

— *Lundi, je vais poursuivre avec une première comparution. Il ne fait aucun doute que je vais les mettre en examen tous les trois... Ne partez pas, capitaine. Soyez là lundi, je pourrai avoir encore besoin de vous.*

— *À votre disposition, monsieur le juge.*

Sam et Juju ont émis, jeudi soir, le vœu d'organiser un barbecue dans le jardin de Fernand avec toute l'équipe pour fêter la grande réussite de cette affaire. Sam a ajouté que Caroline repartant dimanche soir, il serait bien de faire cela samedi à midi. Le capitaine a écouté, médusé et inquiet. C'est pourtant vrai que c'est souvent la tradition. Oui, mais aujourd'hui les choses sont compliquées.

Le soir, Fernand s'en ouvre à Chantal.

— *Je sais c'est une tradition, de se faire un repas très convivial surtout après une si grosse enquête. Mais à la maison c'est impossible, le jardin est envahi par les herbes folles, on n'a plus ni chaises ni tables et pas de réfrigérateurs...*

— *Eh bien, mon chéri, on n'a qu'à faire cela chez nous... Sur la terrasse en contrebas.*

— *Je ne sais pas si tu te rends compte, cela entraîne ipso facto une officialisation de notre vie commune. Es-tu prête ? Et puis, on sera huit avec nous trois et si le mari de Suzanne vient, on sera neuf. Tu te rends compte du remue-ménage ? Pour Jérémy*

— Celui fera un break. Et puis comme cela, on officialise notre amour au grand jour, mon chéri...

— C'est comme tu veux. Mais je veux que tu ne t'occupes de rien !

Vendredi matin, Fernand explique à son équipe qu'il ne peut les recevoir dans sa maison qui, étant en vente, est déserte et entourée d'une invraisemblable jungle.

— Mais Chantal et moi, on a décidé que ce barbecue se déroulait chez nous à Gairaut, si vous en êtes d'accord ?

Sam tombe des nues, le capitaine et la légiste, jamais il n'y aurait pensé. Suzanne et Juliette sont confirmées dans leurs forts soupçons et se font des clins d'œil complices. Caroline et Démétrios n'étant pas au fait des mœurs de ce groupe restent sur leur faim.

— Mais attention, je vous préviens, vous vous occupez de tout. Je n'ai que le barbecue à vous offrir... le rosé et l'apéro !

— On s'occupe de tout Fernand. Samedi pour midi, on sera à Gairaut... lance Sam joyeux.

— Sauf, qu'on ne sait pas où se trouve la villa de madame la légiste, persifle Juju.

— Je vous ferai un topo et puis on finira avec la hotline...

Samedi à midi, tout le groupe est là. Chantal rayonne. Au fond, se dit-elle, on n'a rien à cacher et tout rentre dans les clous. Fernand fait ce qu'il peut pour rendre ce barbecue agréable. Vers 18 heures tout le monde s'en va et le calme retombe sur Gairaut.

Dimanche, Jérémy reprend avec Chantal le chemin des manuels scolaires. Tant que ce fichu bac n'est pas achevé, la vie ne pourra reprendre son cours. Révision, quand tu nous tiens...

Épilogue

Deux semaines se sont écoulées depuis la fin de l'enquête. Jérémy squatte la plage d'Antibes avec des copains, depuis qu'il en a terminé avec les épreuves du baccalauréat. Il pense qu'il va réussir. « Mais on ne sait jamais avec ces vieux cons de profs ! », ne cesse-t-il de maugréer.

Chantal, sa mère et Fernand coulent des jours heureux à Gairaut. Chacun a retrouvé son travail. C'est plutôt calme en juin et juillet. Mais les touristes commencent à arriver en masse et avec eux le travail… Les festivités estivales sont souvent sujettes à des débordements qui peuvent parfois dégénérer.

Trois jours avant le pont du 14 juillet, le commissaire Mat fait appeler le capitaine Achard dans son bureau. Ce dernier est inquiet. Il ne se passe pas de jour sans que le juge Triboulet ne le convoque pour éclaircir un détail. Si le commissaire le fait venir, c'est qu'il y a du lourd. Une nouvelle affaire peut-être ?

— Capitaine, vous n'allez pas être content. Les époux Mazyar, vous vous souvenez ?

— Si je m'en souviens, c'était il y a trois semaines…

— Et bien, ils vont être extradés mon cher. On s'est cassé le c… pour rien. Vous vous souvenez du policier blessé hospitalisé aux Broussailles ? Eh bien, je viens d'apprendre qu'il a disparu… Enfin disparu, pas tout à fait. L'attaché militaire de l'ambassade l'a fait transférer à l'aéroport de Cannes par un véhicule médicalisé et de là notre oiseau s'est envolé en Falcon pour Paris. Aux dernières

nouvelles, il serait chez lui à Amman. Pas le moindre remerciement, pas le moindre au revoir et merci ! Bien le bonjour chez vous !

Mais attendez, ce n'est pas tout. L'attaché militaire a rencontré le Procureur Mathusier convoqué pour ce faire par le Garde des Sceaux. Mathusier m'a affirmé avoir fait état de l'ordonnance du 22 décembre 1958, portant la loi organique relative au statut des magistrats. Mais rien n'y a fait, il a dû céder et recevoir l'attaché militaire qui lui a dit en gros que cette affaire était du ressort de son pays et non plus de la France et qu'il allait faire transférer les époux Mazyar dans leur pays. Il nous laisse Ferrer. Encore heureux ! Triboulet mis immédiatement au courant n'en démord pas. Il retient, par-devers lui, les documents.

— Je me suis toujours demandé commissaire, qui étaient réellement nos deux clients de la rue Pertinax. Je crois que j'ai compris.

— L'attache militaire a prétendu, sous le sceau du secret qu'ils sont deux espions membres des services secrets iraniens en service commandé en France pour éliminer des jihadistes sunnites.

— C'est exactement ce que nous a avoué Eskandar, mais en retranchant derrière Dieu. C'était plus pratique et moins risqué. Il n'était pas certain que ses supérieurs chercheraient à le sortir des griffes de la justice française. Mais pourquoi, cède-t-on à ces gens ?

— Vous savez Achard, la politique a ses raisons que la raison ne connaît point. Et puis, depuis les accords autour des essais nucléaires iraniens, la France a probablement voulu montrer sa bonne volonté. En tous cas, nous, on a la conscience tranquille. On a fait notre travail et c'est très bien ainsi...

Un silence tombe dans le bureau après cet apophtegme du chef. Il aime bien les phrases sentencieuses. Il en assène chaque fois qu'il le peut. Il se reprend très vite et saisissant un dossier bleu sur le côté de son immense bureau de patron, il dit d'un ton calme et posé :

— Vous avez entendu parler du mort de la prison de Grasse ?

— Oui vaguement.

— Et bien le procureur de Grasse a besoin du G.I.R. Au boulot mon vieux !

Mat va terminer ainsi l'entretien avec son subalterne, quand il se souvient de ce lui a dit son fils : Achard, j'allais oublier, téléphonez à mon fils. Il a fini d'emménager et veut vous inviter vous et madame la légiste…

Fernand Achard ne sait quand il téléphonera. Pour l'heure, il considère qu'il a autre chose à faire : vivre sa vie, son amour avec madame la légiste, comme dit Mat. Il l'aime plus que tout au monde et demain, ils ont décidé d'une escapade de deux jours, le temps d'un week-end, à San Remo. Lundi on s'occupera du mort de la prison… Ce dernier est depuis la veille dans la chambre froide de Chantal et il attendra bien encore deux jours !

Puis revenu dans l'open-space désert ce vendredi soir, fermant les yeux, il repense à cette phrase entendue quelque part un soir d'orage : « La vie ne se mesure pas au nombre de nos respirations, mais plutôt à la minute où l'on ne respire plus ! »

Reprenant ses élucubrations à haute voix, il ajoute, « la vie est dure, c'est pour cela qu'on n'en a qu'une. Et puis tu sais mon vieux, tu auras beau faire, tu auras beau dire, tu n'en réchapperas pas… » Se levant, il part seul dans la rue, rêver au bistrot d'Emile, en attendant le soir…

Imprimé en Allemagne
Achevé d'imprimer en octobre 2023
Dépôt légal : octobre 2023

Pour

Le Lys Bleu Éditions
40, rue du Louvre
75001 Paris

www.ingramcontent.com/pod-product-compliance
Lightning Source LLC
Chambersburg PA
CBHW062345010826
49168CB00024B/274